望まれない王女の白い結婚…のはずが
途中から王子の溺愛が始まりました。

登場人物紹介

レックス

大国、ガイラルディア王国の王太子。
常に戦いの前線に立ち、
冷血な人物という噂がある。
元々、ジゼルと婚約し唯一の妃にする
予定だったが、ルイン王国との同盟により、
フィリスも娶ることになる。

フィリス

小さな国、ルイン王国の王女。
人を癒したり、結界を張ったりできる
『聖力』という力を持ち、
聖女としても活動している。
戦争に負けたことをきっかけに、
レックスの第二妃として嫁ぐことになった。
心優しい性格。

王妃
ガイラルディア王国の王妃。
可愛いものが大好き。
サイラス
ルイン王国の公爵家の次男で、
フィリスの幼馴染。
『聖力』を持っていて、
雷属性の聖光術を使う。
ロイ
レックスの側近であり、元王宮執事。
彼から厚い信頼を得ている。
頭が切れるが、腹黒な一面も。
ジゼル
アウラ伯爵令嬢。
堂々とした性格が認められて、
近々レックスと結婚する予定。
フィリスに対して、
何か思うところがあるようで――!?

第一章　望まれない王女

私のいるルイン王国という小国が大国ガイラルディア王国に領地争いで負けたのは、一年前のこと。

ルイン王国の誰もが勝てないと悟《さと》り白旗を上げたため、長引くと思われたその戦争は、一年という短い期間で幕を閉じた。

ルイン王国は敗戦国となったが、領土である辺境地の一部を奪われただけで、ガイラルディア王国に支配されることはなかった。

しかし、国に全くダメージがないわけではない。

すでに、敗戦国として他国に隙を見せている状態なのだ。今、他国から攻められると、それこそ国の被害は計り知れない。

ルイン王国は自力で国を守り抜くことに危機感を覚え、大国であるガイラルディア王国との同盟を望んだ。

そして、ルイン王国はこれ以上争いが起きないようにと、終戦から一年かけて和平を求め、ガイラルディア王国と同盟を結ぶことになったのだ。

だが、その同盟には一つ問題があった。

ルイン王国の王女を一人、ガイラルディア王国に輿入《こしい》れさせると決まったことだ。

その同盟締結の条件は、ルイン王国側が友好の証としてガイラルディア王国に提示したもの。

王女が輿入《こしい》れするのだから、ガイラルディア王国が同盟を反故《ほご》にすることがないようにと、暗に言っているのだろう。

そして、戦《いくさ》のすぐあとに崩御《ほうぎょ》した父の子は、私の他には年の離れた兄上が二人いるだけだ。

つまりルイン王国の王女は、十八歳のフィリス・ルイン――私しかいない。

「兄上……どうしても行かないといけませんか？　私は気が弱いのです……」

私は、王となった一番上の兄上にそう言わずにはいられなかった。

「決まったことだ。頑張って行ってくれ」

年の離れたこの兄上と、特別仲が良いわけではないとはいえ、同盟を結ぶために結婚をさせられるとは思っていなかった。

今さら同盟締結の条件を受け入れないなんて、無理だとはわかっているし、輿入《こしい》れしなければ同盟を破棄されるかもしれないのもわかっている。

だが、私にはどうしてもこれを受け入れがたい理由があるのだ。

「……ガイラルディア王国のレックス殿下といえば、戦《いくさ》の先陣を切る方だと聞いたことがあります。そんな荒々しい方、私には無理ではないでしょうか？」

一度もお会いしたことのないレックス殿下だけど、王子でありながら自分から出陣するなんて、恐ろしい方に思えた。

そんな人に嫁《とつ》いだらどんな目に遭うのか……と、どんどん想像が膨らんでしまう。

そんな私の胸の内に気づく様子もなく、兄上は平然と告げる。

「フィリスは器量がいいから、大丈夫だ。頑張って寵《ちょう》を得なさい。これからはガイラルディア王国で一生を遂げるのだぞ」

「……寵《ちょう》を得る？　愛されるようにしろということですか？」

その言い方には引っ掛かるものがある。

兄上の言い方だと、まるで他に寵《ちょう》を争う相手がいるというような――

「実はフィリスが輿入《こしい》れするといっても、すぐにはレックス殿下と結婚しないのだ」

「……どういうことですか？　すぐに結婚しないなら、まだ嫁《とつ》ぐ必要はないのではないですか？」

「……レックス殿下には婚約者がいるのだ。その婚約者を妃《きさき》にしたいらしく……。最初はフィリスとの婚姻を断ってきたのだが、同盟のためにどうしても輿入《こしい》れしてもらいたい」

それは、ルイン王国側の都合ではないのでしょうか？

私は困ったように思わず呆《あき》れるが、兄上は真面目な顔で続けた。

「婚約者と結婚後なら第二妃として迎えると、ガイラルディア王国からやっと返事が来たのだ。だから、レックス殿下の気が変わらないうちに行ってくれ」

「それは、一度行ったら返品はお断りということですか？」

「頑張ってくれ！　フィリス！」

こうして、兄上に雑な応援をされて、あっという間にガイラルディア王国に行くことが決まってしまったのだった。


兄上から、ガイラルディア王国への輿入《こしい》れを命じられてから、数日。

私室では、メイドたちが私の輿入《こしい》れのための荷造りを始めており、衣装部屋のなかで慌《あわ》ただしく動き回っている。

部屋の前で護衛をしているのは、幼馴染のサイラスだ。

サイラスとは年の離れた兄上二人よりも、共に過ごした時間は長く、一緒に遊び、勉強をした。そのうえ、私たち二人ともが、生まれつき聖力を持っているため教会へ通うのもサイラスと一緒だった。

サイラスは聖騎士《せいきし》として、王女である私の護衛騎士の一人になっている。

私も最も聖力の強い大聖女様に聖女認定されている。そして、聖女は国に仕え、仕事をする。だから、私は王女としてだけでなく、聖女としても働いている。

聖力があれば癒しや浄化、結界などといった聖光術《せいこうじゅつ》が使えるようになり、私もいくつか使える聖《せい》光術《こうじゅつ》がある。

一方、聖力を持つ男性は、騎士の訓練を積むと、聖騎士《せいきし》になれる。

サイラスはその聖騎士《せいきし》に任命されてから、ずっと私の護衛を務めている。

そういうわけで、幼い頃からサイラスとは一緒にいない日のほうが少なかった。

昔を懐かしみながら部屋を眺める。

サイラスやメイドたちなど、今はこんなに人がいるのに、一人だけで旅立つのかと思うと寂しくなる。そう感じながらぼーっとしていると、誰かがやって来た。

「フィリス、ミアが来たぞ」

「ミアが？」

サイラスに言われて振り向くと、入り口にいた彼の隣にミアが立っていた。

ミアは私より二歳年上の仲の良い子爵令嬢で、行儀見習いとして城に上がっている。

ミアも、サイラスと同じく私の大事な友人だ。私とサイラス、ミアはこの城で三人でいることも多い。

「フィリス様、荷造りのお手伝いに来ました」

「ありがとう、ミア」

優しいミアは私を気遣ってくれたらしい。その気持ちが嬉しくて、自然と表情が和《やわ》らぐ。ミアも笑みを返してくれ、てきぱきと私の荷物をまとめてくれる。

「フィリス様、筆記用具はどうしますか？　新しいものをご準備いたしましょうか？」

ミアが私の万年筆や便箋《びんせん》を見てそう聞いてきた。私は少し悩んで答える。

「便箋《びんせん》はガイラルディア王国のものでもかまわないけれど、その万年筆は大事なものだから持って行くわ」

「品のある万年筆ですよね。お持ちになられるなら、箱に入れてしまっておきますね」

ミアがにこやかに万年筆をしまうのを見て、サイラスは不思議そうに首を傾《かし》げる。

「一体その万年筆はどこで手に入れたんだ？」

「……秘密」

だって、この万年筆をくださった方と二人の秘密にすると約束したから。

絶対に誰にも言わないと決めている。

「サイラスも知らないの？　いつもフィリス様が教会に行くときは、サイラスも一緒でしょう？」

ミアがそうサイラスに問いかけるものの、サイラスは全くわからない様子でいる。

それもそのはずだ。教会の帰りに購入したものではないのだから。

「気がついたら持っていたんだよな……なんか大事そうだし……」

不思議そうにサイラスとミアが顔を見合わせる。

しかし、たとえ幼馴染でも言えないことがある。

これ以上突っ込まれないように、私は万年筆を持って、逃げるように衣装部屋に行った。

そして、そこにいるメイドにそれを差し出す。

「忙しいのにごめんなさい。この万年筆も持って行く荷物に入れてくださいね」

「はい、かしこまりました」

メイドが快く引き受けてくれて、私はホッとした。

どんどん荷造りは進み、ドレスやアクセサリーを置いていた場所が空《あ》くとなんだか寂しさを掻《か》き立てられる。

サイラスとミアも一緒に来てほしいけれど、私はレックス殿下の宮で暮らすため、他国の人間は入れないらしい。

ガイラルディア王国へ輿入《こしい》れすることが、どんなに心細くても、私の気持ちなんか関係ないのだ。

王族として生まれ育って、こんなときだけ行きたくないと逃げ出すことはできない。

兄上二人は、大国ガイラルディア王国に嫁《とつ》ぐことが、小国の王女である私にとっての安泰《あんたい》だと思っているのかもしれない。

でも、私の心は全く穏やかではない。

夫となるレックス殿下を、兄上たちはお強い方だと言うけれど、私にとっては冷たいイメージしかない。

しかも、彼には好きな人がいて私を望んではいない。

この状況で、兄上たちは私にどう前向きになれと言うのか。

……私はまだ、誰にも恋というものをしたことがない。

気になる人といえば……と、思い浮かぶのは私に万年筆をくれた、優しかった方。

あの方にもう一度お会いしたいとは思うけれど、それが恋なのかはわからない。

もしも、もう一度会うことができたら、この気持ちが何なのかわかるかもしれないけれど……

レックス殿下と婚姻を結ぶとなった今、それはもう無理な話。

メイドたちやサイラス、ミアがいるこの部屋では口に出せない思いを、心のなかで一人呟《つぶや》いた。

数日後、私は馬車に揺られてガイラルディア王国に向かっていた。

ルイン王国からガイラルディア王国に行くには一週間以上もかかる。

ずっと馬車に揺られており、もう何回目なのかわからない休憩時には、すっかり疲れていた。

「フィリス、疲れただろう。少し横になっても大丈夫だぞ」

私に優しく言ってきたのは、サイラスだ。彼は私を心配してくれたのか、ガイラルディア王国への旅路《たびじ》について来てくれていた。

「サイラス……ありがとう」

サイラスに、このままガイラルディア王国の城まで来てほしい。

だが、ルイン王国からの護衛は途中までしか来られない。国境を越える地点で、ルイン王国の馬車からガイラルディア王国の馬車に乗り換えることになっている。

まだ、正式に婚姻を結んではいないから、お互いの国が決めた場所まで送り、そこで引き渡すことになっているのだ。おそらく兄上が、少しでも私がルイン王国の人間といられるようにと決めてくれたのかもしれない。その証拠に、ルイン王国の私の護衛は、サイラスも含めてほとんどの騎士が加わっている。

すぐに結婚するなら、王妃として今より丁重に迎えられ、結婚の準備のためにガイラルディア王国まで今護衛をしてくれている者たちも連れて行けたかもしれない。

しかし、私は第二妃になる予定だ。だから、こういう対応をされているに違いない。

それに、レックス殿下は私が引き渡される場所にも来ないと聞いている。望まない王女を迎えに行く価値はないと思っているのだろう。

レックス殿下は婚約者を妃《きさき》にと望み、私とは無理矢理結婚させられる。

そんな方と夫婦になれるのかと、不安しかない。

そんな気持ちのまま馬車の窓にもたれると、外ではサイラスや見知った護衛騎士たちが休憩していた。

この旅路《たびじ》が終われば、ついにみんなともお別れだ。

そう思っていると、サイラスが馬車のなかに戻って来た。

「フィリス……少しお茶を飲まないか？　温かいぞ」

「……ありがとう」

不安と寂しさで落ち込んでいる私に気づいているのだろう。

けれど、サイラスの立場では結婚をやめて帰ろう、とは言えない。

サイラスに出されたお茶を少し飲むと、幼いときのように彼は私の頭を撫《な》でた。

「……あんまり我慢しすぎるなよ」

「うん……」

温かいお茶を両手で持ったまま、力なく返事した。

そして、一時間の休憩が終わり、また馬車に揺られながらガイラルディア王国への行程《こうてい》が再開した。

それからさらに数日後、ようやくガイラルディア王国へ引き渡される場所に到着した。

周りは山ばかりで、ただ開《ひら》けただけのところなのに、誰が見ても立派な引き渡し場所が整えられており、ガイラルディア王国の人たちがそこで私を迎えた。

馬車から降りると、ガイラルディア王国の紋が装飾された署名台が用意されている。

今のままだと、ルイン王国の者である私は、ガイラルディア王国にもレックス殿下の宮にも入れない。だから、ガイラルディア王国の人間となるためにここで署名するのだ。

そして、それが終われば、私以外のルイン王国の人間はガイラルディア王国に入国する許可は下りていないため、ここでお別れになる。

「王女をくれぐれもよろしくお願いいたします」

一人で行かねばならない私を心配して護衛の責任者は、念を押すようにガイラルディア王国の者に頼んでいる。

私の後ろに整列している護衛に目をやると、サイラスも心配そうに私を見ていた。

私は誰にも気づかれないように、ガイラルディア王国の方々に視線を流す。

ガイラルディア王国側からは、騎士団長をはじめとした、たくさんの騎士たちが整列している。

ルイン王国では考えられないほどの厳重《げんじゅう》な警備に、さすがはガイラルディア王国だと圧倒されてしまう。そのなかには、騎士たちに交じって文官らしき者もいる。私の署名の見届け人ということだろう。

でも、たくさんの騎士や役人がいるものの、王子らしい方はいない。

やはり、レックス殿下は来なかったのだ。

「フィリス王女、こちらに署名をお願いします」

文官に差し出された書面は、私が輿入《こしい》れし、ガイラルディア王国の人間になることを誓うためのものだ。

これに署名したら、本当にルイン王国には戻れない。

今すぐに誰か私をさらってくれないか、なんて都合のいいことが脳裏《のうり》をかすめる。だがそんな人間はいない。妄想に逃げることさえもできない。

目の前には、署名しろ、という現実だけが静かに用意されているのだ。

私はペンを持ったまま、立ち尽くしてしまう。

「フィリス王女、俺はレックス様の側近のロイです。何か、お聞きになりたいことがあればおっしゃってください」

そう話しかけてきたのは、青色の短髪の男性だった。

聞きたいことというより、言いたいことはある。

妃《きさき》にしたくないなら、何が何でも断って欲しかった。

望まない王女なんて、厄介者《やっかいもの》としか思えない。

……でも、そんなこと、ルイン王国の立場から言えるわけがない。

「……何もありません」

そう呟《つぶや》くように言い、契約書にフィリス・ルインと署名した。

そして、ガイラルディア王国の馬車の扉が開《ひら》かれた。騎士団長に手を添えられ、馬車に乗り込む。

サイラスやルイン王国の護衛たちが静かに見送るなか、ガイラルディア王国の馬車は走り出した。

緩《ゆる》やかに進む馬車のなかには、私一人だけ。

窓の外を見ていると、たった一人になったと実感したのか、気がついたら涙が頬《ほほ》を伝っていた。


ガイラルディア王国の城に着くなり、私はガイラルディア国王陛下に謁見《えっけん》することになった。

騎士団長に差し出された手を借り、馬車から降りる。

騎士たちやガイラルディア王国の人間が迎えてくれたが、やはりレックス殿下はいなかった。

そんなに彼に嫌われているのかと不安になりながらも、顔には出せず、私はロイに連れられて、謁見《えっけん》の間《ま》に向かう。

「……レックス様は、本日は仕事でして、お迎えができず申し訳ございません」

ロイはそう言ったが、レックス殿下は、私を迎えるのが嫌なのだとしか思えない。

仕事があれば、そうしなくていい理由ができる。

「気にしていません……」

そう答えたものの、来た当初から良くは思われていないと実感してしまっている。

レックス殿下にとっても望まない結婚になるのだろうが、私だって同じだ。

顔も、どんな性格の方かも知らない。

私が知っているのは、冷酷な人だという噂だけだ。

「お帰り次第、フィリス様にお会いになられますよ」

「そうだといいのですが……」

私が落ち込んでいると思ったのか、とりなすように言うロイに、私は曖昧《あいまい》に笑って答えた。

長い廊下を歩いていると、謁見《えっけん》の間《ま》の大きな扉の前に着いた。まるでガイラルディア王国の威厳《いげん》を示すかのような立派な扉だ。

開《ひら》かれた扉の先には、多くの騎士たちが整列していた。そして、真っ直ぐに伸びる絨毯《じゅうたん》の先では、三段上の玉座で、ガイラルディア国王陛下と王妃様が、私を待っていた。

私が挨拶《あいさつ》をすると、お二方は笑顔で迎えてくれる。

「よくぞ来てくれた」

「まあ、可愛らしい方ね。年はまだ十八歳と聞きました。若いのによく来てくれましたね」

王妃様は少しだけ頬《ほほ》を染めながら微笑み、優しく労《ねぎら》いの言葉をかけてくれた。

私は微笑み返し、ありがとうございます、という意味を込めて、ふたたび膝を曲げる。

その姿に、また王妃様は微笑んでいた。

「ロイ、なぜレックスは一緒ではないのだ？」

陛下がロイにそう尋ねる。ロイはレックス殿下が仕事に行っていることを説明した。

「あいつはこんな日にまで仕事か……」

陛下は頭を抱えて、王妃様と顔を見合わせた。

格下の国の王女とはいえ、結婚する相手を迎えるというのに、レックス殿下が未だに姿を見せないのはおかしなことだと思う。

とはいえ、同盟締結を考えると私が陛下に強く出ることもできない。

ルイン王国の意見だと、勘違いされるわけにはいかないのだ。

内心でため息をつきつつも、つつがなく謁見《えっけん》は終わり、私はそのままレックス殿下の宮へと入ることになった。

ルイン王国では、城に私たちの居住スペースがあったけれど、ガイラルディア王国では、城とは別に陛下の宮とレックス様の宮がある。

レックス様の宮もお城のような造りだ。青と白でまとめられている内装には品があり、思わず見《み》惚《と》れてしまう。そんな私に「こちらです」とロイが宮のなかを案内してくれる。

豪華絢爛《ごうかけんらん》ながらも落ち着いた雰囲気の廊下を進み、彼に案内されて部屋に入る。そこには髪を一つにまとめ、黒っぽい侍女服に身を包んだ女性が二人いた。

侍女たちは、私のことがいかにも気に入らないというような様子で、ニコリともしない。

そんな侍女たちに気づいているのかいないのか、ロイは私に彼女たちを紹介する。

「フィリス様、こちらは侍女のリンジーとジェナです」

ルイン王国の侍女やメイドとは違う雰囲気に少し戸惑《とまど》いながらも、私はいつものように挨拶《あいさつ》をした。

「……初めまして、フィリス・ルインです。よろしくお願いします」

「「……よろしくお願いします」」

侍女たちは、渋々挨拶《あいさつ》をしているようで、私は明らかに歓迎されていなかった。

「フィリス様、レックス様がお帰りになり次第こちらにお呼びしますので、それまでお休みください。二人とも、フィリス様にすぐに温かいお茶をお出しするように」

ロイはそう言うと一礼し、部屋を後にした。彼に続き、侍女たちもお茶を準備するため部屋から出て行く。

すごく感じの悪い侍女たちだった。こんなにふてぶてしい挨拶《あいさつ》や態度をとられたのは初めてで、戸惑《とまど》ってしまう。

ここで上手くやっていく自信がない。憂鬱《ゆううつ》な暮らしが始まりそうな予感がした。

そんな気分のなか、椅子に腰かける。せめて喉《のど》を潤《うるお》して長旅の疲れを癒そうと、お茶を待つ。

……が、侍女たちはなかなか戻って来ない。

私しかいない広くて立派な部屋で、まだかしら？　と調度品《ちょうどひん》を眺めて待っていると、やっとリンジーとジェナが部屋に戻って来た。

二人は音を立てながらテーブルにティーカップとティーポットを雑に置き、ふてぶてしい態度のまま無言で部屋から出て行く。

……多分わざとではなく、二人はまだ侍女の仕事に慣れていないのだろう。

それなら仕方ない。きっとそうだわ、と自分に言い聞かせ、冷めきったお茶を一人寂しく口に含んだ。

冷めたお茶を少しずつ飲んでいると、廊下が騒がしくなった。

誰かがやって来たのだろうか。

ロイが「ちょっとお待ちください！」と叫んでいるのが聞こえたかと思うと、バンッ！　と勢いよく部屋の扉が開いた。

入って来た男は血塗《ちまみ》れで、まるでならず者のよう……

誰——!?

私は思わず立ち上がり、後《あと》ずさりした。

その男は冷たい目で私を見ると、平坦な声で問う。

「お前がルイン王国の王女か？」

「は、はい……」

そう返事をすると、ロイが息を切らしながらならず者の後ろから走って来た。

「レックス様、失礼ですよ！」

「顔を出せと言うから来たのだぞ！」

男はロイを睨《にら》みながら反論している。

ロイがレックス様と呼ぶということは、この方が私の結婚相手だ。

血のついた顔に、冷たい表情……ロイから言われて嫌々私のところに来たような言い方だ。

「フィリス様、こちらがレックス様です」

「……初めまして、フィリス・ルインです。……お会いできて光栄です」

ロイに紹介されて、怖いのを我慢しながら挨拶《あいさつ》をした。

「俺がレックス・ガイラルディアだ。……結婚は形だけだ。俺には婚約者がいる。彼女に迷惑をかけるな。俺の宮は彼女に任せている。俺たちの邪魔をしなければ、宮で好きに過ごせ」

「……はい。わかりました」

なんて傲慢《ごうまん》なのだろう。

私の結婚相手の第一印象は最悪だ。

「もう用はない。ロイ、彼女に会いに行く。着替えの準備をしてくれ」

レックス様はそう言うと、すぐに私に背を向けた。

どうやら、彼女にはその血塗《ちまみ》れの姿では会いに行かないようだ。

彼にとって、私にはきちんとした格好で会う価値もないと言われている気分になる。

それでも、怪我をしているのかと思い、レックス様に声をかけた。

「あ、あの、お怪我を？」

「魔獣の返り血だ。怪我はしてない」

「でしたら、もしよろしければこれを……お顔に血が……」

恐る恐るポケットから白いハンカチを差し出す。

「あぁ、顔にまでついていたか……すまない」

レックス様はそう言いながらハンカチを受け取り、私を見つめる。

なぜレックス様は、私を凝視《ぎょうし》するのでしょうかね……？

「あの……レックス様？」

「……宮では好きに過ごせ」

それはさっき聞きました！

そう心のなかで叫びながら、少しだけ不思議に思う。

動揺《どうよう》するタイプには見えないけど、レックス様がほんの一瞬だけ、動揺《どうよう》したように見えた気がした。

そのままレックス様は振り向きもせずに、ハンカチで顔を拭きながら部屋から出て行ってしまった。

◇◇◇

「レックス様……フィリス様に失礼がすぎるのでは？」

「彼女は、形だけの結婚をするためにここに来たんだ。気に入られる必要はない。それに、俺にはジゼルがいる」

俺——レックス・ガイラルディアは、洗面台で血のついた顔を洗いながらロイにそう答える。

……俺はルイン王国の王女との結婚に反対していた。

俺には、ジゼル・アウラ伯爵令嬢という婚約者がいるからだ。

彼女とは婚約の儀はまだできないが、両親にも紹介し、認められていた。

ジゼルと知り合ったのは、ルイン王国との戦《いくさ》が始まる前。

以前から、両親に早く結婚しろと急《せ》かされていた俺は、『またか……』とうんざりしながら半ば強制的に城の夜会に参加させられた。

そこで、俺はたまたまジゼルと出会った。

その夜会で、堂々と挨拶《あいさつ》や会話をして来たジゼルに、王妃はこれくらい堂々とできる令嬢が合うのだろうと思ったことを、覚えている。

ジゼルの父のアウラ伯爵も良い者であるため、婚約まではいかないがお互いをよく知るために付き合うことにした。

俺はいずれ父上の跡《あと》を継ぎ、国を守らなければならないのだから、妃《きさき》に相応《ふさわ》しくない者を、妻にはできない。


付き合い始めてまもなく、ルイン王国との領地争いが始まり、出陣することを決めた。

だが、戦地に赴《おもむ》く前に、ジゼルに待っていてほしいとはなぜか言えなかった。

『もし良い縁談があれば、気にせずに結婚しなさい』

そう伝えたのだが、それでもジゼルは、『お帰りをお待ちしています』と淑《しと》やかに言った。

ガイラルディア王国はルイン王国よりも武力は勝っているため、すぐに終わると予想していた。

しかし、ルイン王国には聖光術《せいこうじゅつ》を使える聖騎士《せいきし》が多く、この聖光術《せいこうじゅつ》というものが少々やっかいで、苦戦を強《し》いられ、結局戦争は一年かかった。

それでも勝利したのはガイラルディア王国で、その後ルイン王国は同盟を求めてきた。

和平に反対はないが、国同士のことには政治が絡むのが必然だ。

ルイン王国もこれ以上領地を奪われないように、必死だったのだろう。

その話し合いにはさらに一年かかり、結局二年もガイラルディア王国の城に帰ることができなかった。

そして、戦《いくさ》に出ている間の二年は、一度もジゼルと会うことはなかった。

やっと帰って来ると、俺のためにジゼルはまだ独身を貫いていた。

だから、二年もの間待ってくれていたジゼルに報《むく》いなければと、婚約をすることに決めた。

それからたった二ヶ月で、ルイン王国の王女との結婚が決まるなんて……

そんなことを思い出しながら、顔を洗い終える。

目の前の鏡を見ると、水が滴《したた》り眉間《みけん》に皺《しわ》が寄った顔と目が合う。

こんな俺には、とてもじゃないがフィリスが好意など寄せるはずもない……

だが、それでいいのだ……

「レックス様、フィリス様からいただいたハンカチが血で汚れていますよ。お詫びに新しいハンカチを贈られては？」

「……こんなハンカチなんか、返ってくると思わないだろう。放っておけばいい」

フィリスに構っているわけにはいかない。

これから、晩餐《ばんさん》前にジゼルとのお茶の約束がある。

シャワーを浴び、急いで着替えを済ませてサロンに行くと、すでにジゼルは待っていてくれた。

「ジゼル、待たせてすまない」

「ふふ、大丈夫ですよ」

笑って答えるジゼルのこめかみに、いつものように軽くキスをした。

嬉しそうにしていたジゼルだったが、すぐにしゅんとする。

「レックス様、ルイン王国の王女が来たそうですね」

「関係ない。俺の妃《きさき》はジゼルだ。彼女は形だけの第二妃だから、これからもジゼルが宮を仕切ればいい。一年の婚約期間が終わればすぐに結婚だ。ルイン王国の王女はその後だ」

王族の結婚は短くても一年の婚約期間がある。その間に必要なことを学び、結婚の準備をするのだ。

ジゼルとは、戦前に付き合っていた期間も短く、婚約しないまま二年も経ってしまっていた。そこで、お互いをしっかりと知るためにと、ジゼルには婚約期間中も宮に住んでもらうことになっていた。さらに結婚後は妃《きさき》が宮を仕切るため、ジゼルに宮の仕事を任せることにしているのだ。

一度、結婚をすると決めたのだから、ないがしろにはできなかった。

「ジゼル、贈り物を持って来た。受け取ってくれ」

「まあ、嬉しいわ」

ジゼルは嬉しそうに贈り物を受け取り、いつものように、二人でお茶の時間を過ごした。

◆

レックス様は思った通り怖かった。

灰色の髪に大きな図体《ずうたい》。背の低い私では見上げないと顔も見えない。

彼は眉間《みけん》に皺《しわ》を寄せ鋭い目で、ハッキリと「形だけの結婚だ」と言った。

期待していたわけではないが、あまりの物言いに少なからずショックはある。

そして、なぜかの凝視《ぎょうし》。レックス様がわからない。

正直晩餐《ばんさん》にも行きたくないけれど、行かないわけにはいかない。

だが現在、私の脳内はレックス様との晩餐《ばんさん》よりも、晩餐《ばんさん》の支度《したく》をする侍女たちのことでいっぱいだった。

リンジーは引っ張るように私の髪をとき、ジェナも不機嫌《ふきげん》さを露《あら》わにして支度《したく》をする。

「……痛いわ。もう少しだけ優しく髪をといてください……」

私は思わずそう言うけれど、二人は態度を変えようとはしない。

先ほど急に侍女二人が部屋に来たかと思ったら、晩餐《ばんさん》の支度《したく》をすると告げられた。

晩餐《ばんさん》のことを全く知らされていなかった私が驚く間もなく、すぐに準備が始まったのだ。

そうして、あっという間に支度《したく》が終わる。

晩餐《ばんさん》のために食堂に行く必要があるはずだが、宮に来たばかりの私には場所がわからない。

「あの、食堂の場所を……」

そう二人に声をかけるが、二人とも聞こえないフリをして足早に去って行ってしまった。

他国から来ただけで、どうしてこんな仕打ちをされなければいけないのか……

自分から望んで来たわけではないのにと、涙が出そうだ。

それでも、晩餐《ばんさん》に遅れるような無礼《ぶれい》はできないと、慣れない廊下を歩き回る。

そうして、やっと食堂を見つけて入ると、すでに食事は始まってしまっていた。

「遅いぞ。晩餐《ばんさん》の時間は連絡していただろう」

時間なんて知らなかった。食堂の場所もわからず、必死に探したけれど遅刻してしまったのだ。

レックス様はそんな私に理由すら聞かなかった。

「すみません……」

悲しいのか、虚《むな》しいのか、私はただ謝ることしかできなかった。

目の前のレックス様は、初対面のときとは違い、正装している。

あのときは、血塗《ちまみ》れの印象が強く気づかなかったが、容姿はかなり良いのだろう。

それでも、私にとっては怖い人だ。そんなレックス様の隣には、妖艶《ようえん》な美人が座っている。この方がレックス様の婚約者だろう。

「お初にお目にかかります。私はフィリス・ルインです。よろしくお願いします」

私から挨拶《あいさつ》をすると、婚約者の方は私の頭のてっぺんから足の爪先まで舐めるようにして見られる。まるで品定めされている気分だった。

彼女はくすっと笑って、座ったまま名乗る。

「レックス様の婚約者のジゼル・アウラです。よろしくね」

不敵な笑みを浮かべるジゼル様も、少し怖い。

「早く食べなさい」

お互いに名乗っただけなのに、レックス様は紹介してくれることもなくそう言った。ジゼル様との時間の邪魔をするなとでも言いたいのかもしれない。

「はい」と静かに返事をし、遅れながらも食事をし始める。

前菜にフォークとナイフを入れ、一口食べた。

……味が濃い。ガイラルディア王国の料理はルイン王国のものより味付けが濃いとは聞いていたけれど、まだお茶すら満足に飲んでいない私にとっては、きつく感じてしまった。

それでも、気の弱い私は何も言えない。

思わずナイフとフォークを持つ手が止まるとジゼル様がそれに気づく。

「食事が進まないみたいね、お口に合わないかしら」

「……すみません」

「ルイン王国は味付けが薄いんだ。気に入らないなら、別に出してやれ」

謝る私に、レックス様は怒っているような、淡々とした口調で告げた。

ジゼル様も納得したように頷《うなず》く。

「そうですね。レックス様がそうおっしゃるなら、食事は別にしましょうか」

居心地が悪い。一緒に食事をするなと言われている気分で、いたたまれない。

そんな私をよそに、二人は仲良く食べているように見える。

レックス様が、ジゼル様に「ワインはどうだ？」などと、私のときとは全く違う優しい雰囲気で話しかけているからかもしれない。

確かに、私はまだ十八歳でお酒が飲めないけれど……

チラリと二人を見ると、眉間《みけん》に皺《しわ》の寄った怖い顔のレックス様と目が合ってしまう。

だが、彼はすぐにプイッと横を向いてしまった。

なんでしょうか……？

ルイン王国から持って来たこの新しいドレスが気に入らないのでしょうか。

内心でそう考え、私は思わず視線を落とした。

ジゼル様と私は明らかにタイプが違うから、ドレスの映《は》え方も違うだろう。

その様子に、ジゼル様はふたたび冷たい笑みを浮かべて私に告げる。

「フィリスさん、あなたに私の侍女を二人お譲りしたの。困ったことがあれば、リンジーとジェナになんでも言ってね」

私の侍女となったリンジーとジェナは、ジゼル様の元侍女。

だから、私は来たときから嫌われているのだろうか。

二人からすれば、私は主人であるジゼル様の邪魔をする女に見えたのかもしれない。

仲睦《なかむつ》まじく食事をする婚約者たち。一方で、婚約者や侍女たちから冷遇《れいぐう》される自分。

……ここに私がいるのが、とても場違いな気がしてきた。

「……すみません、長旅で体調が悪いので、私は失礼します。本当に申し訳ありません」

そう謝罪して、この場から離れるのが精一杯だった。

歓迎されていないのはわかっているつもりだったけれど、悲しい気持ちがしないわけではないのだ。

俯《うつむ》きながら部屋の前まで歩くと、なかから笑い声がする。

入りにくいが、私の部屋はここで、他に行くところなどない。

意を決して扉を開けると、なかから「図々《ずうずう》しい女よね」と声が聞こえた。

見ると、侍女のリンジーとジェナがソファーに座り談笑《だんしょう》している。

きっと二人は、ずっと私のことを笑いものにするように話していたのだろう。

「お帰りが早いなら、報告をしてください」

部屋に入った私に、リンジーは臆《おく》することなく言った。

その物言いに驚きつつも、疲れていた私は二人に声をかける。

「……湯浴《ゆあ》みをして休みます。すぐに準備をしてください」

そう告げると、二人は顔を見合わせてため息をついた。重い腰を上げ、あっという間に湯浴《ゆあ》みの準備をする。

侍女が主人にため息をつくなどあってはならないし、湯浴《ゆあ》みの準備があまりにも早すぎる。

「後はご自由にどうぞ」

そっけない一言を残して二人は出て行くが、とても侍女の態度ではなかった。

仕方なしに一人で湯浴《ゆあ》みをしようとバスルームに入るが、すぐに違和感を覚える。

浴槽《よくそう》から湯気が立っていない。石鹸《せっけん》も置かれていない。

「何もない……どうしてこんなことを……」

洗面台の棚を開《ひら》き、湯浴《ゆあ》みに必要なものをなんとか探す。また、浴槽《よくそう》を温めるようにお湯を溜めた。

適当に侍女が張ったであろうぬるいお湯に浸《つ》かりながら一息つくと、コテンと浴槽《よくそう》の端にもたれた。

……惨《みじ》めさが込み上げてくる。

レックス様が望んだ結婚ではないかもしれない。私だってそうだ。

婚約者がいようがいまいが、私は彼らの邪魔をしに来たのではないのに……そんなことを思いながら、浴槽《よくそう》に体を沈めた。そのまま、たった一人で湯浴《ゆあ》みを済ませる。

窓から月明りが射し込み、大きなベッドを寂しげに照らす。私がそこにうつ伏せになると、微《かす》かに足音が聞こえた。

こんな夜更《よふ》けに誰だろう？　メイドが灯《あか》り消しに回っているのかしら？

静かな足音を聞きながら、虚《むな》しい気持ちのまま、静かに瞼《まぶた》を閉じた。


翌日の朝食は、部屋に運んでもらった。レックス様たちと一緒に食べる勇気は、私にはもうなかった。

そして、一人ぼっちの朝食のほうが夕べの晩餐《ばんさん》よりもとてもおいしく感じられた。

夕べの晩餐《ばんさん》は前菜を少し食べただけだったから、空腹のせいだろうか。

朝食が終わり、ホッと一息ついた頃、ロイが「失礼します」とやって来た。

「フィリス様、おはようございます。お体の具合はいかがですか？」

そういえば、私は体調が悪いと言って昨日の晩餐《ばんさん》を退席したのだった。

「……大丈夫です」

「それは良かったです。お夜食はどうでした？」

「夜食？」

そんなものは来なかった。私がどんな反応をするか試しているのだろうか。

「まさか、お夜食も召し上がられなかったのですか？」

「……すぐに休みましたから」

ロイは心配そうな顔をするけれど、この人が私の味方とは限らない。

本当のことを言っても信じてもらえないかもしれない。

私の表情から不安を読み取ったのか、ロイは声をかけてくる。

「レックス様にお会いするなら、こちらにお呼びしますよ？」

「レックス様は、お忙しいと思いますので……あと、今夜から食事はこちらでとります」

「本当によろしいのですか？」

「こちらがいいのです」

「……かしこまりました。では、こちらに運ばせます。もし、何かあれば申しつけください」

ロイは気にかけた様子でそう言ってくれたが、レックス様に会えないから落ち込んでいるわけではない。

どう思われているかわからない彼にそんなことは言えない。

まだ誰も信用できる人間がいない私は、この国でたった一人きりなのだと感じざるをえなかった。

◇◇◇

「フィリスが食事を別にする？」

ロイの報告に、俺は驚きながら尋ねる。

フィリスは一体何を考えているのか。そんなに俺と一緒に食事をするのが嫌なのか？

思わず眉根《まゆね》を寄せる俺に、ロイは頷《うなず》いた。

「はい。今夜からレックス様たちとは別で、ご自身のお部屋で食事をとられると……」

「昨日の夜食はどうだったんだ？」

「召し上がっていないと思われます」

「食べてない？　夜食も口に合わなかったのか……」

フィリスの様子が気になって部屋の前までこっそり行ったのだが、顔は出せなかった。

——好かれるつもりがないからだ。

俺がそう思っていることを全く知らないロイは告げる。

「レックス様、フィリス様は来たばかりで心細いのではないでしょうか？　食事に遅れた理由もわかりません。今回の件についても、ジゼル様が食事を別にするとおっしゃったから、フィリス様は気にされているのではないですか？」

「ジゼルは気を遣って言ったのだろう。フィリスは好きにさせておけ。俺は仕事に行く。ロイも気にする必要はないぞ」

フィリスは一体何を考えているのか。

そうは思うが、来ないならそのまま好きにすればいい。咎《とが》める必要もない。

そして俺が部屋を出ようとすると、ジゼルが見送りに来てくれた。

「レックス様、お気をつけてくださいね」

ジゼルはいつも通り堂々とした様子で、俺に微笑みかける。

「ジゼル、今夜は二人での晩餐《ばんさん》になった」

「まあ、嬉しいですわ」

嬉しい……？　そうか、嬉しいのか。

あの娘が来ないと告げただけで、ジゼルは笑顔になった。

やはり夫を共有することは幸せではないのだろう。

ジゼルは笑顔を浮かべたまま隣を歩く。

形だけの結婚で来たとはいえ、侍女から俺の仕事に行く時間は聞いているだろうに、フィリスは俺の見送りにも出てこない。

フィリスの部屋の前を通り過ぎるとき、思わず扉を見てしまう。それに気づいたのか、ジゼルは落ち込んだように声をかけてくる。

「フィリスさんがいらっしゃったから、私たち二人の時間が減ってしまうのですね。ここ最近は、お仕事もお忙しい様子ですし。……寂しいですわ」

「西の森に魔獣が増えている。そろそろ聖女に結界を張り直してもらわないといけない。忙しいのはそれまでだ。フィリスのことは気にするな」

「では、今日は教会に？」

「そうだな、教会に聖女の要請をしなければいけない。……そういえば、フィリスも聖女の端《はし》くれらしいぞ」

「そうですか」

フィリスの話をしただけで、ジゼルは下を向いてしまった。

微《かす》かな違和感がジワリと湧き上がる。

……口には出せない言葉を隠したまま、内心ため息をつきながら、そのままジゼルに見送られて、仕事へと足を運んだ。

◆

ガイラルディア王国に来て一週間が経った。

一日中部屋にいると、外からよく笑い声が聞こえる。ジゼル様は召使いたちと上手くやっているようだ。侍女たちもジゼル様には明るく話している様子が窺《うかが》える。

そして、ジゼル様がレックス様と仲良く話しながら廊下を歩いているのもわかる。

それに比べ、私の侍女たちは相変わらずの態度だ。

リンジーとジェナは、私の部屋にノックなしにふてぶてしく入ってくる。

不快感まる出しの態度に、いつもぬるいお茶。湯浴《ゆあ》みの準備も適当だ。

荷ほどきもまだされておらず、衣装部屋はガラガラだった。

やっと今日になってリンジーとジェナは荷物の整理をし始めたかと思うと、衣装部屋のなかで二人は何かコソコソと話している。

何か問題でもあるのかしら？　と心配になり衣装部屋に行くと、二人は私に怒《いか》りを露《あら》わに睨《にら》みつけてきた。

「何かありましたか？　何かあれば言っていただければ……」

「何もありません！　し、仕事の邪魔をしないでください！」

怒られてしまいました……思わず、敬語で思いながら項垂《うなだ》れる。

二人に衣装部屋から追い出されてしまい、自分の荷物の確認もできないままソファーに戻った。

肘掛けに力なくもたれて、手紙でも書こうかしら？　と窓際の書斎机に目をやる。

でも、あの万年筆はない。あるのは、部屋に元々用意されていたものだけだ。

それに、なんと手紙を書けばいいのか……

サイラスは元気だろうか。ミアはどうしているかしら……まだたった数日なのに懐かしくて、会いたくなってしまう。でも、心配させたくない。

あの様子の侍女たちに、今すぐに万年筆を出してください、とは言いにくいし、手紙も頼みにくい。

もし、出してくれなかったら……と思うと、悲しくなってしまう。

他国とはいえ、自分の部屋で気を休めることができないのは、つらい。

ガイラルディア王国の人が、みんなあの万年筆の方みたいに優しかったらいいのに。世の中には色んな人がいるとはわかっているのに、そんなありもしないことを考えてしまう。

そして何もできないまま時間が経ち、夕食が部屋に準備された。

今夜も、また味付けの濃いスープに辛《から》いチキンソテーだ。

ルイン王国でもチキンソテーは出るけれど、こんなに真っ赤なものは見たことがない。辛《から》い料理は苦手だけれど、この国で暮らすなら慣れないといけない。でも……

「辛《から》すぎて、食べられないわ……」

私はナイフとフォークをそっと置いて、そうこぼした。

食事を始めて一時間もしないうちに、リンジーとジェナは片付けに来てしまう。

今日も、私はほとんど何にも手をつけることができなかった。

せめて、寝る前に温かいお茶が飲みたい。

「リンジー、ジェナ。温かいお茶をいただけますか？」

食後にそう頼むと、侍女たちはツンとしながらも聞き入れてくれた。

それなのに、しばらく待っても彼女たちは部屋に戻ってこない。

やっと持って来たかと思うと、お茶はやっぱり苦くてぬるかった。

「……もう少しだけ温かいお茶をいただけませんか？」

「温かいうちに飲まないからです。私たちは忙しいのです」

とても侍女が発する言葉ではない。私は唖然《あぜん》としてしまった。

二人は、もちろんお茶を淹れ直してくれることもなく、部屋から出て行った。

「……お茶も頼めないのね」

あんな侍女たちを雇うレックス様たちが信じられない。

そう思いながら、今日も虚《むな》しく眠りについた。


それから数日後。部屋に置いてあった本を読んでいると、なんの前触れもなく、ジゼル様がやって来た。

「フィリスさん、失礼しますわ」

私の返事を待たずに、ジゼル様は当然のように部屋に入る。

ジゼル様のその様子は、この宮で自分が一番だと誇示している感じだった。私と違いレックス様に愛されているからだろうか。

「あの、何かご用でしょうか？」

「ええ、お願いがあって来ました。フィリスさんは聖女だと聞きました。結界も張れるのかしら？」

「はい、できますが……」

唐突な質問に戸惑《とまど》いながらも、私は頷《うなず》いた。

結界は、主に魔獣という人に害なす獣《けもの》の侵入を防ぐための、聖なる障壁だ。聖力を持つ女性が結界術を学ぶことで、それを張ることができる。森に囲《かこ》まれたルイン王国では、王都を結界で囲《かこ》み、魔獣がなかに入って来られないようにしていた。

ルイン王国の大聖女様ほどの力はないけど、私も結界術は使える。ルイン王国では定期的に聖女たちが王都の結界を張り直している。

私も昔から、毎回ではないが結界を張りに行っていた。そのときは護衛のなかに必ずサイラスがいて、不安はなかった。

でも、突然どうしたのかしら？　と不思議に思うと、ジゼル様がふたたび口を開く。

「実はレックス様が、聖女を必要としていますの。魔獣が街に近づく前に、西の森で結界を張り直す必要があるそうなのよ。私もレックス様のお力になりたいのですけれど、私では無理ですの。だから、フィリスさんがお力になってもらえたらと思いまして。どうかしら？」

レックス様の妃《きさき》になる者同士で、それぞれ役割分担をしろということかしら。

私ではレックス様をお慰めできないし、ジゼル様は聖女じゃないみたいだし……

結界を張るのは嫌ではないし、この部屋で何もせずに一日過ごすよりは良い。

それに、きっとレックス様は私がいつどこに行こうと気にしない。

でも、宮に入っている以上、勝手に出ていいのかしら？

「あの、レックス様のご許可は？」

「大丈夫ですわ。もちろんフィリスさん一人で行くわけではありません。護衛の騎士たちもおりますわ」

ジゼル様が許可を得ているなら、私が行っても大丈夫なのだろう。

「わかりました。行きます」

「助かるわ」

ジゼル様はそう言って笑うが、その笑顔は少し怖く見えた。

そのあとすぐに、聖女の務めをするとき用の白いローブを羽織《はお》り、先端に宝石のついた白銀《はくぎん》の杖を持つ。それから、四人の護衛騎士たちとともに西の森へ向かった。

魔獣除けの結界は定期的に張らないといけない。

魔獣が森のなかから出て来られないようにするために、結界を張るのだ。

聖女が森に召喚されるということは、もう結界を張りに行く時期なのだろう。

西の森の入り口までは、馬車であっという間だった。でも、森のなかには馬車では入れない。そのため結界を張る場所までは五人で歩く。

そうして、森のなかの少し開《ひら》けた場所にある石造りの祭壇《さいだん》にたどり着いた。ルイン王国と同様に、ガイラルディア王国も祭壇《さいだん》を中心に結界を張るようだ。

周りは樹々に囲《かこ》まれ、空気は清涼感があり、とても気持ち良い。

あの部屋にいるより開放的で、不機嫌《ふきげん》な侍女たちの顔を見なくて済むと思うと、レックス様の宮に帰りたくない気持ちが、少なからず出てしまう。

夫となる方の宮よりも、この森のほうがいいなんて、失礼すぎて人には言えないが、そう思うくらい、あの宮にいるのが悲しい。

それに、レックス様は一度も会いに来てくださらない。

……きっと、ジゼル様との時間で忙しいのだろう。確かにジゼル様は美人ですからね。

「フィリス様、こちらです」

「は、はい！」

私が杖を握りしめて考え込んでいると、一人の騎士に呼ばれていた。慌《あわ》てて言われるまま祭壇《さいだん》の前に立つ。樹々の葉をこする風の、サワサワとした音だけが聞こえる。

そのとき、ふと森に違和感を持った。

「……何かおかしくありませんか？」

「……そういえば、鳥の鳴き声が全くしませんね」

静かすぎると思ったのも束《つか》の間《ま》、急に叫ぶような獣《けもの》の声がした。騎士たちはハッとして、それぞれ振り向く。

「……!?　この鳴き声は、魔獣です！　なぜこんなところまで!?」

「結界が切れているのですよ！　早く張らないと！」

「このままだと間に合わないかもしれません！　フィリス様、一度退避を！」

緊張感が走り、騎士たちは驚きを隠せない。

結界の持続期間は、それを張った聖女によって違う。力のある大型の魔獣が出現すれば、破られてしまうこともある。

魔獣が出るということはもう結界が切れているんだわ！

私も内心で焦《あせ》る。

今日は、ただ結界を張り直しに来ただけで、魔獣退治の準備なんかしていない。そのことを考えると一度退避するべきかもしれない。

でも、魔獣が森の外まで追いかけてくれば、森の近くの街まで危険なのは明らかで、魔獣を背に逃げるわけにはいかない！

怖いけれど、逃げるという選択肢は、もうすでになかった。

「フィリス様！　急いでください！」

「いけません！　逃げきれなかったら、私たちは全滅してしまいます！　そうなったら、街の人たちが危ないのです！　結界さえ張れれば、魔獣は弱体化します！　ここでなんとかして、抑えるべきです！」

「しかし！　フィリス様に何かあれば……！」

騎士たちは、私を連れて逃げようとするが、私はみんなを見据《みす》えてそれを止める。

でも、私たちがそんな会話を続ける時間すらないまま、あっという間に魔獣が木をなぎ倒す音が大きくなる。

近づくのが速すぎる！

そして、ものすごい勢いで私たちの目の前に飛び込んでくるように現れた。

魔獣は狼型だ。狼型は、足がとても速い。

鋭い牙《きば》と爪には血がついているから、すでに動物を食べたのかもしれない。

「みんな、フィリス様を守れ!!」

四人の騎士たちは剣を抜き、私を守ろうと前に立つ。

私たちの魔獣退治が始まってしまったのだ。

魔獣は飛び込んできた勢いのまま、いきなり鋭い爪で騎士を振り払う。血飛沫《ちしぶき》とともに二人が吹き飛んだ。

「すぐに回復に回ります！　魔獣を抑えてください!!」

魔獣には聖騎士《せいきし》の聖光術《せいこうじゅつ》が有効だが、ルイン王国と違ってガイラルディア王国には聖騎士《せいきし》がほとんどいない。一緒に来た彼らも例外ではなく、遠距離攻撃ができる聖光術《せいこうじゅつ》を使える者がここにはいないのだ。

それにもかかわらず、この危機的状況で、私を護衛しようとしてくれる彼らには感謝しかない。

私は宮で嫌われているのに、彼らは違っていた。

怪我をしている二人のそばに駆け寄り、急いで癒しの聖光術《せいこうじゅつ》をかける。

「大丈夫ですか？　結界さえ張れれば、魔獣は弱体化しますので、それまで頑張れますか？」

「もちろんです。動ければ問題ありません！」

怪我をしても泣き言一つ言わないとは、さすが騎士様だと感心する。

彼らが魔獣と対峙《たいじ》するなか、私は急いで祭壇《さいだん》の前で跪《ひざまず》く。いつも通り両手を握りしめ、結界を張るために祈りを捧げる。

そのとき、護衛の一人が魔獣にはたかれて、また吹っ飛んでしまった。

「今、回復を！」

怪我をした騎士のもとに駆け寄る暇もなく、急いでその場で杖を掲《かか》げ、癒しの聖光術《せいこうじゅつ》を放つ。

やはり魔獣が近くにいると、結界が張れない。魔獣が大人しくしているわけないし、騎士たちの回復を優先にしないと、彼らの命が危ぶまれる状況になってしまう。それに、一緒に来た護衛が弱いとは思わないけど、止めを刺すには力が足りない。

一体どうしたら……！

杖を掲《かか》げたまま、この状況を乗り越えなくてはと考えて、ハッとした。振り返ると、騎士たちをなぎ倒した魔獣がすぐ近くで爪を振りかざしていた。

私に機敏《きびん》に避《よ》ける術《すべ》はない。結界の応用である防御壁を一瞬でもいいからと張ろうとする。

――でも、もう間に合わない！

思わず目を閉じ、杖を強く握りしめた。

「――フィリス!!」

大きな声で急に名前を呼ばれたと思うと、大きな身体が私を庇《かば》っていた。

目を開くと、その左腕からは鮮やかな血が噴き出していた。そのまま血は腕に流れ、滴《したた》り落ちている。

私は、大きな身体の持ち主を確認するために見上げた。

……レックス様だ。

私を魔獣から守ってくれたのは、レックス様だった。

どうしてここにいるのかわからないが、間違いなくレックス様だ。

「レックス様……？」

「大丈夫か!?」

レックス様は心配そうに私の頬《ほほ》に手を添え、見つめてくる。息がかなり荒く、ここまで急いで来たことがわかる。

前触れもなく現れたレックス様に呆然《ぼうぜん》としてしまった私は、彼に触《ふ》れられた手で我に返る。

そして、慌《あわ》てて返事をする。

「は、はい！　……レックス様、左腕から血が出てしまっています。すぐに手当てを！」

「……大丈夫だ」

レックス様は低い声で静かに言うとすぐに立ち上がり、腰にさげていた大きな剣を片手で抜く。

出血中ですが、痛くないのでしょうか？　と突っ込みたいが、そんな場合ではない。

そして、レックス様はいきなりこの場を支配したように、騎士たちに叫んだ。

「魔獣の足だけを狙え！　機動力《きどうりょく》を削《そ》ぐぞ！」

「「「は、はい!!」」」

レックス様の号令に合わせて、騎士たちは魔獣の足に狙いを定め、攻撃している。

彼が来たせいか、士気も上がっていた。

レックス様が戦い慣れしているのは明らかだった。彼の指示通りに足を狙い出してから、魔獣のスピードは徐々に落ちていっている。彼の戦いぶりは、明らかにかなりの実力者だと誰が見てもわかる。

魔獣は、走り回れないほど四肢を負傷し、追い詰められていく。そして、魔獣がよろめく瞬間をレックス様は見逃さない。

彼はそんな魔獣の心臓めがけて大剣を突き刺した。

断末魔の叫びとともに魔獣が倒れると、軽く地面が揺れる。

そして思う。レックス様、ちょっと強すぎませんか⁉

私は心のなかでそう叫ぶ。

王太子であるにもかかわらず、レックス様が前線に出陣する理由がなんとなくわかった気がする。

普通、王位継承者が危険な前線に出ることはないが、これほど強ければ、陛下だって反対できないだろう。

レックス様は大剣についた血を振り飛ばし、鞘《さや》に収めた。そして、私のもとに戻って来ると、心配そうに声をかけてくれる。

「フィリス、怪我はないか？」

「は、はい。私は、大丈夫です。レックス様こそ……すぐに癒しをかけますね」

「……俺はいい。騎士たちを先にしてくれるか？」

「でも……」

「かすり傷だ」

レックス様はそう冷たく言うけれど、全くかすり傷には見えない。だが、そのまま私から離れて座ってしまった。

心配して駆けつけてくれたと思ったのは、私の勘違いだったのだろうか。

そんなことを考えながら、私は騎士たちを癒していく。

チラリとレックス様を見ると、また、顔が怖い！　そしてなぜか凝視《ぎょうし》されている。

後ろからレックス様の刺すような視線を感じながら、騎士たちの治癒を終わらせた。

それから、私はふたたびレックス様のもとへ駆け寄る。

「レックス様。どうか応急手当だけでもさせてください。せめて止血だけでも……」

「……俺はいいから、先に結界を頼めるか？」

やっぱり気になってレックス様を癒そうとするが、横を向かれてしまう。

結界を張らないと、レックス様は何もさせてくれない気がしてきた。

強がりなのか、痛覚《つうかく》が鈍いのか、私にはレックス様のことがわからない。

レックス様は、黙って私を見つめている。そんな状況では、昔から何度もしてきたはずの結界を張ることさえ、とても緊張する。護衛騎士たちは私の後ろに並び、私は深呼吸して石造りの祭壇《さいだん》に跪《ひざまず》く。

そして、祈りを捧げる。

——森に白い光が広がっていく。

「すごい。あれだけ癒しの力を使ったのに、すぐに結界まで張れるなんて……」

騎士たちから驚きの声があがる。

森全体を白い光で覆《おお》い込めば、結界の完成だ。

私たちの魔獣退治が終わったと思うと、自然と肩の力が少しだけ抜けた。

「フィリス様、ありがとうございます！」

「これで、安心ですね」

感謝を告げられ、私は笑顔で返した。

結界を張ったから、しばらくは魔獣も出ないだろうし、レックス様や騎士たちも休めるはず。

それに、やっと落ち着いたので、レックス様の手当てを始められる。

彼の左腕を見ると、傷は深く、かなり痛そうだった。

「レックス様、すぐに癒します」

そう言い、彼のそばに座り込む。

するとレックス様は、騎士たちに向かってこう告げた。

「お前たちは先に帰れ」

「では失礼いたします」

彼らはレックス様に忠実《ちゅうじつ》で、薄情《はくじょう》なくらいあっさりと私を置いて帰ってしまった。

「あの……私も騎士の方たちと一緒に、馬車で来たのですが」

「フィリスは俺と一緒に帰ればいい」

「は、はい……では、すぐに癒しを！」

レックス様は私とは一緒にいたくないと思っていたのに、予想外に優しい言葉を受けて戸惑《とまど》ってしまった。

レックス様は怖い人だと思っていたけれど、もしかしたら違うのかもしれない。

そう考えつつ、少し緊張しながらレックス様の左腕に手をかざし、癒しの聖光術《せいこうじゅつ》をかける。

そのとき、一瞬既視感《きしかん》のようなものを覚えた。

……あれ？

レックス様の傷を癒すのは、これが初めてのはずなのに、と不思議に思う。

動きを止めた私にレックス様はすぐに気づいた。

「どうした？」

「いえ、前もこんなことがあったような気がして……すみません、おかしなことを言って」

私の言葉を聞いて、レックス様は少しの間黙り込み、左腕を下げてしまった。

「……血が止まれば、もういい。帰るぞ」

「まだダメです。もう少し癒さないと」

「もういらない」

そう言って、また私から目を離すレックス様。

私が変なことを言ったから、レックス様に不快な思いをさせてしまったのだろうか。

それとも、聖女の癒しが嫌なのだろうか？

思わず俯《うつむ》いた私にレックス様は手を差し出す。私が手をその手に添えると立ち上がらせてくれた。

その優しさに少しだけドキッとするが、今はやはり左腕の傷のほうが気になってしまう。

「レックス様、ナイフか何かお持ちですか？」

「持っているが、何に使う？」

レックス様は腰から小さなナイフを取り出し、不思議そうに差し出す。

「お借りします」

レックス様から受け取ったナイフで自分のスカートの裾《すそ》を裂《さ》き、彼の傷口に巻きつけた。

「すみません、魔獣退治をするとは思っていなかったので、救急箱も包帯も、何もないのです。宮に帰ったらすぐに綺麗な包帯に替えますので、今はこれで……」

私がスカートを裂《さ》いたことに驚いた様子のレックス様は、じっとして応急手当を受けてくれる。

ちょっと安心した。

「はい、これでもう大丈夫です。できましたよ」

ささっと布を結び終え、笑顔でレックス様を見上げる。

すると、レックス様は急に私を力いっぱい抱きしめてきた。

こんなふうに男性の方に抱擁《ほうよう》されたことなんてない。突然のことに驚きを隠せない。

腕のなかで慌《あわ》てふためく私と、何を考えているのかわからないレックス様。

そんな私を腕のなかに閉じ込めたまま、レックス様は小さな声を漏らした。

「どうして、お前は……」

「レッ、レックス様？　どうされたのですか？」

わけがわからず尋ねてみても、答えは返ってこない。心臓が跳ねているのに、レックス様を振り払うことができなかった。

私は王族として、幼い頃から人前でも取り乱さないように教育されている。

だから、今レックス様を振り払えないのはそのせいだ。と理由をつけて、そのまま彼の腕に包まれていた。

しばらくすると、レックス様は優しく私を離す。

「フィリス、帰ろうか？」

「は、はい」

かと思うとまた、怖い顔になる。情緒不安定でしょうか？　レックス様がよくわからずに、疑問しかない。

「フィリス、俺の馬に乗れ。ゲイル、帰るぞ」

レックス様は私を連れて馬のそばに行くと、引き締まった顔つきの馬を優しく撫《な》でる。どうやら、レックス様の愛馬はゲイルというらしい。

ゲイルさんの毛並みは整っており、両足の筋肉は張っていて、見るからに速そうだ。

でも、ゲイルさんがここにいるということは、レックス様は彼に乗って樹々をくぐり抜けてきたのだろう。

しかも来たとき、いかにも焦《あせ》って来たように見えたから、すごい勢いで来たはず。

……なんだか、こっちの馬も怖い。

それに、ゲイルさん。私を睨《にら》まないでほしい。鋭い目は主人に似るのだろうか。

乗馬ができない私は、踏み台がなければ、乗ることすらできない。

下を向いたまま足をすくませていると、急に体がふわりと浮いた。

レックス様が私を軽々と持ち上げて馬に乗せてくれたのだ。

「軽すぎる。ちゃんと食べているのか？」

……ちゃんと食べているわけがない。味付けは濃く、辛《から》いものばかり。お茶はいつも冷めていて美味《おい》しくなくて、甘いものは、ここに来てから一度も食べたことがない。でも、宮の料理にケチをつけるなんて失礼なことはできない。

不満は募《つの》っているけれど、私のことをどう思っているかわからないレックス様が、話を聞いてくれるとは思えなかった。

「……あまり食べていません」

私はただそれだけ、小さな声で答える。

「ルイン王国とは味が違いすぎるか？」

レックス様は、怖い顔でまっすぐこちらを見る。

無礼《ぶれい》なことは言えない。返事ができず、無言でローブのフードを被る。

レックス様もそれ以上何も聞かずに、私の後ろに乗ってきた。

「……しっかり掴まっていろ」

「は、はい……！」

私は両手でゲイルさんのたてがみをしっかりと掴むと、レックス様は私の手を掴み、体をもたれさせた。

「ゲイルは気性《きしょう》が荒い。たてがみを引っ張られると驚くかもしれないから、ゲイルではなく俺に掴まっていろ」

「は、はい！」

緊張で思わず声が裏返る。レックス様の顎《あご》が頭に触《ふ》れた。

すごく耳に近いところで、声がする。

「フィリス、聖女の仕事をしてくれたこと、感謝する。助かった」

「……はい」

レックス様の言葉は、優しかった。少しだけ胸が温かくなった。

そして、ゲイルさんは走り出した。

やはりゲイルさんは、速い。走り出したと同時に、レックス様の服を掴み、小さくなってしまう。

そのままの体勢でいると、レックス様は私が落ちないようにと大きな手で、肩を抱き寄せた。

体が密着し、恥ずかしさが込み上げてくる。しかし、同時にレックス様の腕のなかはなぜか安心できた。レックス様が逞《たくま》しいからか、馬から落ちるとも思わなかった。それくらい彼の腕のなかに安心してしまっていたのだ。

鎧《よろい》を着てない胸板にもたれると、レックス様の鼓動が小さく聞こえる。

……私と同じように少しだけ速かった。

レックス様の腕のなかで小さくなったまま、宮に着く。

入り口にはジゼル様と心配そうにしているロイが立っていた。

レックス様はそんな二人の少し前でゲイルさんを停めると、颯爽《さっそう》と降りる。

私も降りなければと思うが、馬上は高くて怖い。私にとって、降りることは難度が高い。

降りられない私を見て状況を察したのか、レックス様は私を馬に乗せたときのように、また私の体をふわりと持ち上げ、降ろしてくれた。

「……ありがとうございます」

「いや……かまわない」

杖を両手で握り、お礼を言うと、レックス様の表情は変わらないが、私を見ながら優しく言ってくれた。

たった数秒ほどだけれど、彼と見つめ合ってしまう。

「レックス様、お帰りなさいませ」

ジゼル様の声が聞こえて、私たちはハッとした。

ジゼル様の目の前でレックス様と見つめ合ってしまった。

邪魔をするなと言われていたのに……と焦《あせ》り、思わずジゼル様のほうを向く。

ジゼル様は笑顔だけど、目は全く笑っていない。

たった数秒の出来事でも、私を許さないという感じで怖い。

恐怖を覚えた私は、後《あと》ずさりしたくなる。

次の瞬間、レックス様が私とジゼル様の間に入って来た。

まるで庇《かば》ってくれたようで、ちょっと救われた。

「ジゼル、フィリスは聖女として来たんじゃない。何かあっては困るぞ。俺の許可なく宮から出すな」

「申し訳ありません、レックス様。私も何かお役に立ちたくて……」

「その気持ちは嬉しいが……」

ジゼル様は、レックス様に垂《しだ》れかかるように抱きつくと、レックス様はジゼル様の肩に手を回していた。

その二人の姿は、私には一生得ることのない光景だろうと思うと、この先の人生が虚《むな》しいもののように感じる。

寄り添うように抱き合う二人を見たくなくて、その場をすぐに去りたかった。

「……私はこれで失礼します。レックス様、ご迷惑をおかけしました」

杖を両手で握りしめたまま、会釈《えしゃく》し、二人から顔を背《そむ》けて駆け足で宮に入った。

宮の廊下まで来て二人が見えなくなると、私は立ち止まり、深呼吸をする。

「フィリス様、お待ちください。お部屋までおともします」

後ろから、ロイが追いかけて来ていた。

「ありがとうございます。でも、来た道はわかります。……あの、もしよかったら宮の見取り図をいただけませんか？」

私がそう言うと、ロイは、考え込んでしまった。

何かおかしなことを言ったのかと不安になる。

「……まさか初日の晩餐《ばんさん》に遅れたのは、食堂の場所がわからなかったからですか？」

「……はい。でも見取り図があればすぐに覚えますので」

「見取り図が必要でしたら準備しますが、やはりご一緒いたします」

心配したようにロイはそう言って、私の部屋まで一緒に来てくれた。

部屋に着くと彼は扉を開け、私に感謝を述べる。

「フィリス様、聖女の務め、感謝いたします。どうぞごゆっくりお休みください」

「はい、ありがとうございます」

私はそう答えたあと、レックス様の左腕の傷がどうしても気になってしまい、扉を閉めようとするロイを呼び止めた。

「あの、もう一つだけお願いがあって……」

「はい、どうされました？」

「レックス様が左腕をお怪我なさっています。本当なら私が手当てをしたいのですが、ご迷惑かと思いますので、どうぞ医師に診《み》てもらってください」

そう告げると、ロイはなぜかちょっと嬉しそうな表情を見せた。

「でしたら、レックス様をお呼びいたしましょう！」

「えぇっ!?　そ、それはいいです！　お二人の邪魔をする気はありませんから！」

ジゼル様との仲を邪魔する気はないし、呼び出したらレックス様は怒るかもしれない。

だって、途中で癒しをやめたぐらいの方だ。

私が慌《あわ》てて首を横に振ると、ロイは不服そうな表情を浮かべる。だがすぐに、ニヤリとした。

「では、レックス様が仕事に行くときにお呼びしますね。そのときは、ジゼル様はいませんから」

「そ、そうですか……」

ロイの押しに負けるように、返事をした。

それから、ロイは本当にレックス様を連れて来た。しかもなぜか、ロイは笑顔で、レックス様はいつもの無表情。

「では、フィリス様。よろしくお願いいたします」

「は、はい！」

「俺は、忙しいのだが……」

「殿下ともあろう方が怪我をしたままでは困ります！」

ロイはそう押し切るように言うが、レックス様は怪我なんかどうでもよさそうだ。

部屋のソファーに隣同士で座る。

ロイが見守るなか、私はレックス様の左腕の布をほどき、癒しの聖光術《せいこうじゅつ》をかけた。

チラリとレックス様を見上げると、素直に受けてくれているせいか怖くない。

それどころか、この空気は嫌じゃなかった。

レックス様は聖女の癒しが嫌なのかと思ったが、なんだか違う気がする。

彼はなぜか左腕を愛《いつく》しむように見ている。

森で途中までは治していたからそう時間はかからず、レックス様の左腕は綺麗に完治した。

「……助かった」

レックス様はそう一言述べて、仕事に行ってしまった。

淡々とした物言いだけど、不思議と今は怖くなかった。

……レックス様は、なぜ森では途中で癒しを拒んだのかしら？

そう考えながら、彼が出て行ったドアを見つめていた。

◇◇◇

フィリスが癒してくれた左腕を見ると、お互いに名前も知らずに出会ったときのことを思い出す。

フィリスと初めて出会ったのは、ジゼルと婚約してすぐの頃。国境付近にあるルイン王国の砦《とりで》に、同盟締結の話し合いをしに行ったときだ。

ルイン王国側が王女を輿入《こしい》れさせたいと何度も申し入れしてきていた。

王女がガイラルディア王国に嫁《とつ》げば、より一層強い同盟となる。ガイラルディア王国の後ろ盾は申し分ないからだろう。

俺はジゼルと婚約したばかりで全く乗り気ではなかった。

だが、何度断ってもルイン王国側の姿勢は変わらなかった。

しかし父と母は、俺とは違いこの婚姻に積極的だったので、結局第二妃としてルイン王国の王女を受け入れることが決まってしまった。

『ご機嫌《きげん》を収めてくださいね』

話し合いののち、砦《とりで》に用意された部屋で、ロイがそう言った。

俺は苛立《いらだ》ち、ロイを思わず睨《にら》んでしまう。

『……ジゼルと婚約したばかりだぞ。いきなり二人目を娶《めと》るなんて馬鹿げている』

『ですが、王妃様はルイン王国の王女は可愛らしい方だと聞いて、大変乗り気ですよ。王女の評判も悪くありません』

『母上は、ただ可愛いものが好きなだけだ』

ジゼルはもう二十五歳だ。貴族女性の婚期はとうに過ぎているのに、待ってくれていたジゼルを今さらないがしろにはできない。

俺だってもう二十六歳だ。年若いルイン王国の王女にとって、年の離れた俺との結婚を可哀想《かわいそう》だと思わないのか。

そう思っても、ルイン王国の王女との結婚はすでに変えられない。

俺は少し頭を冷やそうと思い、ロイに告げる。

『……少し歩いてくる』

『帰還の支度《したく》が整うまでですよ』

『わかっている』

マントのフードを目深《まぶか》にかぶり、顔がわからないようにする。そのまま砦《とりで》のなかを歩いていると、負傷者が集められている部屋が目についた。

ガイラルディア王国とルイン王国の間は山と森に囲《かこ》まれている。聖女の結界は人里離れた国境の森には張っていない。そこにいる魔獣にやられ、負傷したのだろう。

そんな負傷者に、ルイン王国の聖女たちが癒しの聖光術《せいこうじゅつ》をかけていた。

同盟国となるのだから、ガイラルディア王国からも何か経済的な支援をしてやるか、と考えながら、何気なく見ていると、洗面器を持った小柄な聖女が俺に話しかけてきた。

『負傷者の方ですか？　お怪我をされているようでしたら、すぐに治しますよ』

俺はルイン王国の砦《とりで》に来る途中で山を突っ切って来たときに魔獣に出くわし、左腕に怪我を負っていた。

『怪我はしているが、俺はガイラルディア王国の者だ。ルイン王国の者が勝手に癒すわけにはいかないだろう』

『ガイラルディア王国の使者の方でしたか……。少しだけ、お待ちください』

聖女はそう言うと、洗面器を他の者に渡し、すぐに戻ってきた。

『お待たせしました。あちらに空《あ》き部屋があります。そちらでしましょう』

『……いいのか？』

『大丈夫ですよ。こっそり行きましょう』

柔らかく優しい雰囲気を纏《まと》う聖女と空《あ》き部屋に行くと、向かい合って座らされた。

『本当にいいのか？　見つかれば君が叱《しか》られるんじゃないか？　俺はこのくらいは平気だぞ』

『では、二人だけの秘密にしましょう。怪我を見せてください』

柔らかい笑顔でそう言った白いローブの聖女は、優しく手を差し出した。

言われるがまま、マントから左腕を出す。袖をめくると血の滲《にじ》んだ包帯に巻かれた腕が露《あら》わになった。思っていたよりも、血が出てしまっている。

聖女にとってその光景はいつものことなのか、躊躇《ちゅうちょ》なく包帯を外す。傷を恐れることはなかった。

癒しの聖光術《せいこうじゅつ》をかけている間も嫌な顔一つせずに柔らかく微笑んでいた。

印象的だった……

白いローブの彼女にはどこか品があり、その金髪は色艶が良い。

癒しの聖光術《せいこうじゅつ》をかけるために傷にかざされた手は白く綺麗だ。しかし、血の付いた包帯に躊躇《ためら》いもせずに触《ふ》れる彼女は、貴族の娘ではないのだろうか。

なんとなく不思議な聖女だと思った。

そんなことを考えているうちに、彼女は治癒を終えたようで、微笑みながら優しく声をかけてきた。

『これで傷はもう治りました。大きな傷でなくて良かったです』

『助かった。ありがとう』

『どういたしまして。先程、聖女が山に結界を張りにいきました。帰りは安全だと思いますよ』

元々俺が巻いていた血のついた包帯を片付けながら言う彼女を、俺はじっと見つめる。

『……何か礼をしよう』

『お礼は要りませんけれど……お顔は見せられませんか？』

『顔は見ないほうがいい』

ガイラルディア王国の王子の顔を知っているとは思えないが、もし知っていたら彼女を怖がらせてしまうかもしれない。

彼女には気を遣わせたくないと思ってしまった。

俺の答えに、彼女は少しだけ残念そうに微笑む。

『そうですか』

『礼に後で何か贈るぞ。欲しいものがあれば、何でも言ってくれ』

『本当に要りませんよ』

『しかし……では、これをやろう。今はこれしかやれるものがなくてすまない』

悩んだ末《すえ》に、いつも使っている万年筆を懐《ふところ》から出し、彼女の手を取り渡す。それを見て彼女は申し訳なさそうに俺を見上げてきた。

『立派な万年筆ですが、いいのですか？』

『申し訳ないのはこちらのほうだ。こんなものですまないが……やはり、あとで何か贈らせてくれないか？』

『これで充分です。ありがとうございます』

彼女の雰囲気は終始柔らかで、先程まで苛立《いらだ》っていた気持ちがいつの間にかなくなっていた。

彼女の笑顔にこちらもつられそうだった。

自分の素顔を見せず、彼女に迷惑をかけないようにしていたけれど、俺は顔を見せて名乗り、彼女の名前を知りたくなっていた。

彼女に名を聞こうとしたとき、部屋の扉が開き一人の若い男が顔を覗《のぞ》かせた。

明るい茶髪の男は、白銀色の鎧《よろい》に銀色の装飾が施《ほどこ》された胸当てをつけており、聖騎士《せいきし》だとわかる。

『フィル、捜したぞ。こちらは？』

やっと見つけたというような表情で、聖騎士《せいきし》の男は彼女に尋ねた。

『なんでもないのよ、サイラス』

彼女は立ち上がりながら、答える。

『知らない男と二人にはならないでくれ。心配するだろう』

その二人の会話から、サイラスと呼ばれるこの男は彼女の恋人なのかと推測してしまう。

なんとなく胸がチクリと痛むが、彼女が叱《しか》られないようにと俺は口を開く。

『彼女に非はない。……助けてくれてありがとう』

『お帰りは気をつけてくださいね。また会えるといいですね』

彼女は振り向き優しく微笑みながら、そう言ってくれた。

そのまま、彼女は聖騎士《せいきし》と一緒に部屋を出て行ってしまう。

残された俺は、彼女が癒してくれた左腕をただ見ていた。

砦《とりで》から帰った後。

年若いルイン王国の王女を第二妃に召すのはやはり可哀想《かわいそう》だと思い、両親に婚姻を断りに行った。

しかし、一度決まったことは変えられない。

両親は評判の良いルイン王国の王女がガイラルディア王国に来ることを歓迎している。

そのうえ、ルイン王国の王女を気に入っている母上は、不服そうに俺に言った。

『彼女は可愛らしいと評判ですよ。何が不満なのです』

『俺には、ジゼルがいます。そのうえ、ルイン王国の王女はまだ十八歳と若いのです。俺と上手くいくとは思えません』

そう答えた俺に、母上は困ったように天を仰《あお》いだ。

『そうねえ。もしもフィリス王女がどうしてもあなたのことが受け入れられないぐらい嫌いなら、別の縁談を探してもかまわないけれど……』

『ただ、ルイン王国側からすれば、お前は良い縁談相手だ。向こうは諦めんだろうし、こちらにとっても悪い話じゃない』

母上に続いて、父上も渋い顔で俺を見ていた。

だが、まだ十八歳の娘に夫を共有させるなんて、俺にはできるとは思えない。

それに、ジゼルとルイン王国の王女が宮で揉めて、面倒な目に遭うのはごめんだ。

『それでは、俺がルイン王国の王女に嫌われれば、彼女には他の良い縁談を探してください』

『……いいでしょう。彼女がどうしてもレックスを受け入れられないなら、私が探しましょう』

母上は困りながらも、そう言ってくれた。

おそらく従兄弟《いとこ》の誰かになるだろう。王侯公爵なら、一応は王族だから問題はない。王族ならば、相手が俺でなくてもルイン王国側もそれなりに納得するはずだ。

どうせ、年の離れた俺を好きになるわけがない。彼女に嫌われるようにすればいいだけのこと。

そうして、両親と俺の三人だけの約束をしたのだが――

まさか、フィリスがあのときの聖女だとは思ってもみなかった。

王女がわざわざ洗面器を持って騎士たちの治癒を行《おこな》っているなんて、誰が考えるだろうか。

フィリスに嫌われなければいけないのに、初めて会ったときのことがどうしても忘れられない。

フィリスのことを思い出すと、どうしようもないため息がでた。

考え込みながら、舗装された街路をロイと歩き教会へと向かっていた。

城から少し離れた教会につくと、聖女や結界のことを司《つかさど》っている司祭様に、今日のことを報告した。

フィリスが立派に結界を張ってくれたため、改めて聖女を派遣しなくてよくなった。騎士たちは負傷したものの、フィリスのおかげで命にかかわることはなかった。何度思いだしても、フィリスには感謝してしまう。

そう思うとフィリスになにかしてやりたかった。

「ロイ、仕立屋に寄るぞ」

「ジゼル様に贈り物ですか？」

そう聞いたロイから、少しだけ視線を逸《そ》らす。

「……フィリスにやる。今回の礼だ」

「それでしたら、宮に仕立屋を呼びましょうか？　レックス様からの贈り物なら、きっとフィリス様もお喜びになりますよ」

ロイはそう言うが、俺は内心そうは思えなかった。

フィリスには、輿入《こしい》れのタイミングに合わせてドレスをいくつか贈っていた。

彼女に嫌われなくてはならないため、特に何も言わずにガイラルディア王国が準備したものという名目《めいもく》にして。

実際、輿入《こしい》れに来た王女にドレス一つ準備しないことはありえないから、誰にも不審には思われることはなかった。そのなかに俺が選んだドレスがあったことは誰にも知られてないだけで……

だが、フィリスがそのドレスを着ているところを今まで一度も見たことがない。

それを、無性《むしょう》に切なく思うことがある。ガイラルディア王国も、俺も受け入れられないのかと……

しかし、好みのドレスならば、着てくれるかもしれない。

「そうだな……では、明日にでも仕立屋を呼んでくれ」

「はい、かしこまりました」

「なら、次の店に行くぞ」

「……どちらにですか？」

「人気の菓子屋が近くにあっただろう？」

不思議そうな顔をしたロイを連れ、菓子屋に足を運んだ。

店のなかは甘いにおいで満たされており、いかにも女が好きそうなレイアウトに可愛らしく焼き菓子が並べられていた。

フィリスが何の菓子を好きかはわからない。

だが、焼き菓子の詰め合わせなら、どれかは好んで食べられるかもしれない。

料理はあまり口に合わないようだが、菓子なら食べられるだろう。

少しでも、何か好んで食べてくれたら……と、菓子が包まれるのを待った。

万が一ジゼルが勘違いしては困ると思い、もう一つ同じものを頼む。ピンクのリボンのものをフィリスに、赤いリボンのものをジゼルにと、リボンの色を変えて包装してもらった。

「フィリス様にも？　きっとお喜びになると思いますよ」

ロイは、ジゼルへの土産《みやげ》のついでにフィリスにも買ったと思っているのかもしれない。

だが違う。どちらかと言えば、フィリスのためだ。

「フィリスは痩せすぎだ」

「もしかしたら、あまり食べていないのかもしれません。料理の味付けがフィリス様に合わないのでは？」

「フィリスの食事は、俺たちとは別のメニューを出しているのだろう。ジゼルがそう言っていたぞ」

「……そうですか、一度確認しましょうか？」

「そうだな……」

少し間をあけ答えるロイに、一抹《いちまつ》の不安がよぎる。

少しずつこの国の味付けに慣れてくれたら嬉しいが、すぐには無理だろう。

無理矢理フィリスに、強要する気はない。ジゼルがフィリスのためにと気を遣っているのだから、しばらくは好きにさせればいい。

菓子を抱え、店を出ると、ロイと話しながら歩いていた。

「レックス様。最近、ジゼル様が連れて来た使用人が多くないですか？」

「そうか？　元々俺の宮には侍女がいなかったから、そう思うのではないか？」

俺が戦《いくさ》に行っている間、王太子の宮には誰も住んでなかった。世話をする相手が長期間不在ならば、いても仕方ない。

それまで勤めていた使用人たちは、推薦状を持たせて別の職場を紹介した。今まで通り勤めたいと希望の者は、修業もかねて、俺が帰って来るまで父上の宮で預かってもらっていた。

だから、戦前から勤めていた使用人が少ない。

そもそも俺は、戦前には妃《きさき》どころか婚約者もいなかったのだから、侍女を揃《そろ》える必要はない。侍女はメイドとは違うのだ。だから、ジゼルが婚約者として俺の宮に入ることになったタイミングで、一緒に彼女が侍女たちを連れて来たのだ。

一方フィリスの場合は、他国の使用人を宮に入れるわけにはいかないため、彼女のために新しく侍女を雇う予定だった。

しかし、ジゼルが気をきかせて自分の侍女を彼女に譲ってくれたのだった。

ロイは以前からフィリスが侍女と合わないのではと心配しているためか、険しい表情をしている。

そして、城門の前でぴたりと足を止め、俺に頭を下げる。

「レックス様、俺はこれで失礼します」

「ああ、用事があると言っていたな。何の用だ？」

「人に会いに行くだけです。それと、レックス様からジゼル様に、これ以上使用人は入れないようにとお話しください。お願いしますよ」

そう言ってロイはどこかに行ってしまった。ロイはジゼルが連れて来た使用人が多いことに、あまりいい感情を持っていないのだろう。

あとでジゼルに伝えるかと思いながら、菓子箱を二つ抱えて宮に帰った。

自室に戻る前にフィリスの部屋へ向かい、扉をノックしたが返事はない。

「フィリス、いないのか？」

扉の外から声をかけるが、それでも反応はない。宮から出たとは聞いてないから、宮のなかを散策でもしているのだろう。

また後で来るか……タイミングが悪くて、ため息がでる。

仕方なく自分の部屋に帰ると、ジゼルが迎えに出てきた。

俺が帰ったと、いつも通り侍女から報告を受けたのだろう。フィリスも同じように報告は受けているはずだが、部屋にすらいなかった。

初日に形だけの結婚だと告げたから、見送りや出迎えをする気がないのだろう。

……だが、これでいいのだ。

誰にも気づかれない気持ちを抑え、ジゼルのもとへ行く。

「お帰りなさいませ、レックス様」

「ジゼル、土産《みやげ》だ」

ジゼルに菓子箱を一つ渡すと、笑顔で受け取ってくれた。

「嬉しいですわ。……そちらの箱は？」

「フィリスの分だ」

そう答えるとジゼルは一瞬視線をさまよわせ、すぐにまた微笑む。

「そうですか。……お渡しに行かれるのですか？」

「いや、フィリスは部屋にいなかったから、また後にでも行く」

「レックス様はお忙しいようですし、もしよろしければ私からフィリスさんにお渡ししましょうか？」

……本当は、自分で渡しに行きたいという思いが脳裏《のうり》をかすめる。

だが、そう思うことはジゼルに不誠実なのではないのか。そもそも、渡しに行きたいと思う自分がおかしい。

菓子ぐらい誰が渡しても同じだ。

こんなことでは、両親と三人でした約束を果たせない。年が離れた俺との第二妃としての政略結婚では、フィリスはきっと幸せになれない。

そう思うと、持っている菓子箱に力が入るが、ジゼルの申し出を断る理由はなかった。

「そうだな……頼む。それと、フィリスの食事だが、食べやすいものを出しているのか？　フィリスは少し痩せすぎだ。まだこの国の味付けに慣れていないのだろう。ルイン王国の料理でも出してやれば喜ぶのではないのか？　今夜もフィリスの食べやすいものを……」

「……随分《ずいぶん》気にかけますね。一体いつ痩せすぎだとおわかりに？」

「どうした？　いつもと雰囲気が違うぞ。痩せすぎなのは、フィリスを見ればわかるだろう」

思いのほか、ジゼルは不快感を表した。

その瞬間に、西の森からフィリスを連れ戻し宮に帰ったときのことを思い出した。ジゼルが抱きついてきたときに、なぜか俺はため息が漏れたのだ。

そしていつものように淡々と話しているのに、ジゼルはますます眉根《まゆね》にしわを寄せる。

「本当は言いたくありませんが、フィリスさんは我《わ》が儘《まま》なのでは？　侍女にあれこれ言ったり、ロイを使って侍女たちを呼び出したりしていると伺いました。フィリスさんの侍女たちが困っていると、私に相談しに来ていますよ」

「侍女たちはどんなことを言っている？」

「お茶を準備してもすぐ淹れ直してくれだとか、クローゼットにドレスをしまったのにやり直すようにとか。侍女たちはしっかり働いているのに、横暴《おうぼう》に命令してくるそうです」

大人しいフィリスがそんなことを言うか？

だが、ジゼルが嘘を言う必要もないだろうし、ジゼルを妃《きさき》にすると断言しているのだからフィリスに嫌がらせをする理由もあるとは思えない。

「どうしてもフィリスと侍女たちが合わないようなら、新しい侍女を用意しよう。今の侍女はジゼルに戻せばいい」

「い、いいえ！　大丈夫ですわ！　侍女たちは、もう少し頑張らせます！　それに今夜のメニューも、すでに頼んでいます！」

「それならいいが……」

急に焦《あせ》ったように了承《りょうしょう》したジゼルに違和感を覚えるが、俺の提案を断る理由がないだろう。

「それと、ロイが使用人をこれ以上入れないようにと言っていたぞ。俺に報告してない使用人もいるのか？　何人増やした？」

「増やしたというよりは、お辞めになった使用人の補充《ほじゅう》ぐらいですわ」

確かにフィリスが来る前、この宮が合わず辞職願を出した者がいたとは聞いていた。

その当時、俺は魔獣討伐や森の見回り、フィリスを受け入れるための準備で城に通いつめており、ロイも同様に忙しくしていた。俺たちが何日も宮に帰れないことがあった。

どうしても俺たちの手が回らない宮の仕事は、ジゼルがやってくれていた。辞める使用人には、ジゼルが代わりに推薦状を書いて持たせていたはずだ。

「とにかく、新しい使用人を雇うのはしばらくやめてくれ。俺は今から、城の執務室で仕事をするが夜には帰る」

「わかりましたわ。どうかご無理をなさらないでくださいね」

ジゼルはそう言うと、笑顔を向ける。

ただ、目が笑っていないような気がした。

……正直、ジゼルの知らない一面を見てしまった気がする。

ジゼルと知り合ってからすぐ戦《いくさ》に出たから、付き合い自体は短く、二年も一緒にいなかった。

そもそもそれほど頻繁《ひんぱん》に会っていたわけでもなく、恋人同士のような振る舞いも、したことがなかった。

それでも俺が戦《いくさ》から帰ると、ジゼルは誰とも結婚せずに俺を待っていてくれた。

彼女が待っていてくれたことは思いのほか嬉しかった。二年も待たせてしまったのだから、ジゼルの想いに応えなければと思い、正式に婚約するつもりで宮で一緒に過ごすことにした。

ガイラルディア王国のしきたりで、王族は婚約の儀を国王の前で執《と》り行《おこな》うことで、ようやく正式に認められる。そして、それから約一年かけて、婚約者となった者は妃《きさき》教育を受ける。

婚約の儀はまだできないが、ジゼルは宮で過ごしながら、妃《きさき》の仕事を覚えてもらうことになった。

だがジゼルと過ごし始めて二ケ月後、フィリスと結婚が決まってしまった。

そして、フィリスが来た初日から、ジゼルは何かおかしかった。

ジゼルはいきなり、フィリスを見下すように「フィリスさん」と呼んでいた。

この国では、フィリスは第二妃になる予定とはいえルイン王国の王女。伯爵令嬢であるジゼルのほうが格下だ。その呼び方をやめるように何度話しても、変わることはなかった。

それどころか、フィリスに聖女の仕事を頼み、宮から出す始末だ。

俺はジゼルを蔑《ないがし》ろにしたつもりはないのに、最近の彼女の振る舞いを見ると、自分の選択が間違っている気がしてしまう。

まだ、ジゼルのことで知らない一面があるからだろうか。

ロイも心配していた。城での仕事を終わらせたら、しばらく宮にいるべきかもしれない。

フィリスのおかげで魔獣退治の仕事は減ったし、明日からはしばらく休むことに決めた。


数時間後。仕事がようやく終わり宮に帰り着いた頃、すでに陽は傾いていた。

やはり、ジゼルがなんと言おうとフィリスには自分で菓子を持って行くべきだったのでは？　と何度も仕事中に考えてしまっていた。

彼女のことになると、自分が少しおかしくなっている気がする。

西の森では、気づいたら彼女を抱きしめてしまっていた。

両親との約束のためには、フィリスに嫌われねばならんのに。そう思い、人知れず自分の気持ちに蓋《ふた》をした。

階下《かいか》に行くと、メイドが集めたごみを捨てに行くところに出くわした。

そのごみの木箱が視界に入ると、目を疑ってしまう。

メイドはすぐに俺に気づき、立ち止まって一礼をする。

「そのごみはどこのだ？」

急に話しかけられて、メイドは戸惑《とまど》いながらも答えた。

「は、はい。ジゼル様と侍女の方々のお茶会で出たものです」

メイドが抱えているごみのなかには、ピンクのリボンでラッピングされた、皺《しわ》だらけになった菓子箱があった。

フィリスに渡すつもりだった、あの箱だ。そっと掬い上げるように手に取った。

ジゼルは捨てていたのだ。

「……そうか。行っていいぞ」

「はい、失礼します！」

俺が低い声で下がる許可を出すと、メイドは一礼してすぐに去って行った。

あまりの出来事に、怒《いか》りを感じ、失望があった。そして、フィリスの食事がどうなっているのか気になってきた。そのまま厨房《ちゅうぼう》へ行くと、そこでは料理長をはじめ、料理人やキッチンメイドたちが忙しく動き回っていた。

「夕食はどうだ？」

俺に声をかけられ、料理長は手を止め礼をとる。

この料理長は、あの忙しかった時期にジゼルが連れてきた料理人だ。

「王太子殿下がこちらにいらっしゃるとは。夕食の準備は順調に進んでいます」

褒められると思ったのか、料理長は機嫌《きげん》良く答える。

「今夜のフィリスの料理はなんだ？」

「フィリス……様のですか？　そ、そちらはまだです。殿下たちの料理を優先していますので……」

急に目を泳がせ、明らかに様子が変わる料理長に、俺の眉間《みけん》に皺《しわ》が寄る。

「まだ作っていないのか？　俺たちのものは後で大丈夫だから、フィリスの分を先に作ってやれ。メニューはなんだ？」

「……ま、まだ」

「まだ⁉　まだ決めてないのか⁉」

一体何をしている⁉　すでにジゼルとメニューを決めたのではないのか⁉

ジゼルが俺に、フィリスのために別メニューを頼んでいると言ったのはどういうことだ⁉

「ジゼルと決めていないなら、料理人たちで決めて俺に報告しろ。料理長がしっかりしてもらわねば困るぞ！」

「いえっ……、そ、その、き、決めてないわけではっ」

「なら、何だ？」

料理長はおどおどして青ざめ、なぜかハッキリと言わない。俺は鋭い視線を向けた。

「何か言えないことでもあるのか？」

「いえ、フィリス……様には、その煮込み料理をと……」

「煮込み料理なら、なぜまだ取り掛かってない？」

煮込み料理は作るのに時間がかかる。もう作り始めないと間に合わないのではないか。

どうしてメニューのことを聞いただけで、こうも歯切れが悪いのか。この料理長と話していると不安が煽《あお》られる。

料理長を横目に、俺がフィリスのメニューリストを確認すると、今日は牛スジのスパイス煮込みだと書かれていた。

フィリスには味付けの薄いものをと言わなかったか!?

なんでスパイス煮込みなのだ!? 辛《から》いだろう!!

しかも、付け合わせはフライドポテト!? これは庶民が食べるようなものであって、王宮の食事ではない！

おかしいだろ!! どういうチョイスだ!!

ジゼルも料理長も、一体何を考えているのだ!?

腹立たしさのあまり、持っていたメニューリストが手のなかでぐしゃりとつぶれる。

「煮込み料理は中止だ!! メニューがおかしいだろ!! 他のものに変えろ!!」

料理長の態度は腹立たしく、思わず声に力が入ってしまう。

そして、一呼吸おいて拳《こぶし》に力が入るのを抑える。

「オムレツでも作ってやれ。ルイン王国では、オムレツにホワイトソースが好まれる。……前菜やスープもちゃんと作れ。パンやサラダもきちんとつけろ。デザートぐらいは俺たちと同じものを出せ！ 今夜はスフレだろう！ スフレならフィリスだって食べられるだろ！」

「は、はい!!」

落ち着いて話すつもりで一呼吸おいたのに、このメニューに加えて料理長を目《ま》の当たりにすると、また声に力が入ってしまう。

「今までのメニューリストをすぐに出せ！　……お前はフィリスの夕食の調理が終わったら、ジゼルのところに来い。来るときは、フィリスのメニューリストを持って来るんだ」

青ざめ震える料理長から渡された過去のメニューリストを見て驚愕《きょうがく》してしまう。

いつも香辛料《こうしんりょう》の強いものが多い上に、毎回たった二品ほどしか出していない。こんな食事をフィリスに出すなんて、無礼《ぶれい》にも程がある。

別メニューに変えるだけで、なぜ品数まで減らす必要がある。

今までジゼルが言っていたのはなんだったのか。菓子は渡さず、夕食のメニューもまともでないなんて。

俺は厨房《ちゅうぼう》から出て、もう一度メニューリストを握り潰す。もう、あの二人にフィリスの食事は任せられない。

そう思ったとき、使いに出していた従者のトーマスが帰って来た。

「レックス様、今帰りました。頼まれていたものを買って参りました」

彼はそう言って、ピンクのリボンで飾られた菓子の箱を見せる。

城で執務をしていた間、ジゼルへの違和感が拭《ぬぐ》いきれず、そしてやはり自分でフィリスに渡したいと考え、彼に同じものを買って来るよう頼んでいたのだ。口に合えば喜ぶだろうし、合わなければそのときは俺が持って帰ればいいいと。

ジゼルが捨ててしまった今、頼んでおいたのは、間違いではなかった。

「……助かった。部屋に置いておいてくれ」

「かしこまりました。それでは失礼いたします」

トーマスはそう答えると、俺の部屋に行く。

一方俺は、ジゼルの部屋へ急いで向かう。

部屋に入ると、ジゼルは侍女たちと楽しそうに話していた。その様子がなぜか俺には虚《むな》しいものに見えた。

以前なら、そうは思わなかったかもしれない。

「ジゼル、話がある。書斎で待っているから、すぐに来てくれ」

「はい、すぐに参りますわ」

ご機嫌《きげん》でジゼルがそう言うと、周りの侍女たちは「ジゼル様と二人っきりになりたいのですわ」などとクスクスと笑う。

苛立《いらだ》つ気持ちに拍車《はくしゃ》をかけられている気分だった。いずれ彼女たちが王宮の侍女になるのだと思うと、とても相応《ふさわ》しいとは思えない。俺が冷ややかな目で扉を閉めたことも気づかないのだろう。

俺が書斎に着いた後すぐに、ジゼルは笑みを浮かべ、淑《しと》やかな様子でやって来た。

侍女が囁《ささや》いていた通り、俺が二人きりになりたくて呼び出したと思って、ここへ来たようだ。

「ジゼル、これはなんだ？」

書斎机に座る俺の目の前にフィリスのメニューリストを放り出すと、彼女の笑顔がスーッと消えていく。

「……厨房《ちゅうぼう》に行きましたの？　レックス様が厨房《ちゅうぼう》に行くなんて初めてですわね」

「用があれば厨房《ちゅうぼう》にも行く。……説明しろ」

書斎机に両肘をつきジゼルを真っ直ぐ見るが、いつもの笑顔はない。

「あの子の食事です。どうしてレックス様が、そこまで気を遣うのですか？　私たちと同じものを食べないのは、あの子の我《わ》が儘《まま》ではないですか！」

「なら、俺に嘘をつくな。なぜ、嘘をつく必要がある？」

厳しい声で言うと、ジゼルは俯《うつむ》いた。

「……あの子を妃《きさき》にするのですか？」

「ジゼル、何を焦《あせ》っている？　フィリスは第二妃だ」

彼女は下を向いたまま、言葉を発せずにいる。俺は小さくため息をついて続けた。

「フィリスの菓子はどうした？　正直に言うんだ」

「っ!?　レッ、レックス様……」

ジゼルは動揺《どうよう》を隠せないらしい。ビクつき両肘をついたまま睨《にら》む俺から目を逸《そ》らしている。

「もう一度聞くぞ。フィリスの菓子はどうした？」

「……わ、渡していませんわ」

そう言って、俺のほうを全く見ない。

初めて見る俺の迫力に、彼女は気圧《けお》されている。

その冷たい空気のなか、料理長がやって来た。

彼の存在に気づくと、ジゼルはハッとする。

「レックス様、料理長までお呼びに？」

慌《あわ》てた様子のジゼルではなく、俺は料理長を見て口を開いた。

「お前から料理長の肩書きは外す。今日から料理人の助手として励め。嫌ならジゼルの実家に帰ってもかまわない。二人でよく話し合え。フィリスの食事は他の者に任せる。話は以上だ」

料理長は青ざめて、呆然《ぼうぜん》とジゼルを見ていた。

やがて二人が書斎から出て行く。俺は二人の足音を聞きながら、背を向けたままジゼルに告げる。

「ジゼル。……俺をこれ以上失望させるな」

その一言を最後に、書斎の扉が閉まる音だけが聞こえた。

もう夕食の時間になる。フィリスの食事はきちんと用意されただろうか。

そのことが気になり、今夜はトーマスに彼女の食事を運ばせることにした。


それから数時間後、一人で書斎にいるとジゼルがやって来た。

「レックス様」

「どうした？」

「明日から、私は三日ほど実家に帰りますわ。父が階段から落ち、怪我をしたそうです」

ジゼルは父親のことを心配した様子で告げてきた。

このタイミングで一度実家に帰れば、彼女も頭が冷えるだろう。

そうすれば、また以前のように落ち着いて話し合いができるかもしれない。

「なら、明日は俺が実家まで送ろう。伯爵の見舞いもしよう」

「いいえ、大丈夫です。フィリスさんの侍女たちも、朝と夜の支度《したく》には来させますが、休暇も兼ねて実家に連れ帰りますわ」

「そうか、わかった」

俺がそう答えると、ジゼルはいつものように抱きついてくる。

「レックス様。後で寝室に行ってもいいですか？」

「……自分の部屋で寝るんだ。俺はまだやり残した仕事がある」

いつも通り断りながら、内心でため息をつく。

まただ……。ここ最近、急に不自然なほど寝所に来たがるようになった。まだ召したことがないからだろうか。

一度でも召せば、ジゼルは気が済むのか……

彼女を抱き返すことができず、離そうとしたとき、扉をノックする音が聞こえる。

それに応えると、ロイが書斎に入って来た。

「お邪魔だったでしょうか？　出直したほうがよろしいでしょうか？」

遠慮しようとするロイに、俺は首を横に振る。

「ジゼルはもう部屋に帰るから大丈夫だ。ジゼル、自分の部屋に帰るんだ」

「……わかりましたわ」

ジゼルはするりと離れ、無表情のまま出て行った。

彼女の様子に何か察したらしく、ロイは俺を心配そうに見つめる。

「何かありましたか？」

「大ありだ。フィリスが宮に入ってまだ日も浅いのに、問題が起きている。ロイ、お前に毎朝フィリスの様子をうかがいに行かせていただろう。彼女は何も言わなかったのか？　食事のことか……」

「いえ、何も言いませんね。まあ、来てすぐに食事にケチをつけるような無礼《ぶれい》な方ではないようですし、普通の方なら来て数日で食事にあれこれ言いませんから。フィリス様は特に気が弱いようですし……いかがなさいました？」

当たり前だ。慣れていない場所であれこれ言う奴はいない。

俺は眉間《みけん》を揉みながら、ロイに命じる。

「ルイン王国の料理を作れる人を探してほしい。見つかるまでは、今の料理人たちにルイン王国のレシピを渡してくれ」

「料理に問題が？」

目を見張るロイに、俺はジゼルと料理長のことを話した。

「――それと、明日からジゼルが実家に帰ることになった。少し、彼女のことを調べてくれ。ここ最近、どうもおかしい。それと、フィリスにも新しい侍女を探してくれ」

「かしこまりました。ジゼル様のことは調べます。料理人につきましても、すぐに探します。それと、侍女については、以前いたメイドを雇えればと思っておりまして」

「メイドを？」

「実は、以前ここで働いていたメイドのリタという女性に会いに行ったのですが、実家に帰っていまして……。明日使者を送り、連れて来ます」

「メイドでフィリスの世話ができるのか？」

「もちろん他の侍女も探しますが……実は今日、俺たちがいなかったときに、辞めた者に話を聞きに行ったところ、リタはジゼル様の侍女たちとケンカ別れをしたそうです。フィリス様にはそれくらい気の強い侍女が良いのではと思いまして。世話はすぐに覚えるよう頑張ってもらいます」

食事のことも相談できないような侍女をそばにおいておくわけにはいかない。

もしかすると、ジゼルの侍女なら今回の料理の件を知っていたかもしれない。

……フィリスと合わない侍女を彼女につける理由はない。

新しい侍女候補は、ケンカ別れをしたのならばジゼルの侍女たちと行動を共にすることはないだろう。

メイドと侍女は仕事が異なるから、懸念《けねん》がないわけではないが、ロイが信用しているなら大丈夫なはずだ。

「明日すぐに使者を送ってくれ。そのリタという者を、必ず連れ帰って来て欲しい」

「はい、すぐに手配します。それと、別件ですが、王妃様からお茶会の招待状が届きました。急ですが、明日です」

「茶会？」

俺は聞き返しながらも、それに心当たりがあった。

母上め、気に入っているフィリスに会いたいに違いない。

そして、彼女が俺を嫌っているのかどうか、確認したいとでも思っているのだろう。

「午前中はフィリスのために仕立屋を呼んでいる。その時間は駄目だと母上に連絡しておけ。無理だとハッキリ言っておけばいい。断っても、すぐに日程を改めて連絡してくるだろう」

母上のことだ。なんとしてでもフィリスとの時間をつくろうとするはずだ。

というか、フィリスにそろそろ会わせないと、本当にうるさい。

そう思いながら、ロイに伝える。

それに明日は、ジゼルが実家に帰ることになったから、フィリスのために仕立屋が来ても大丈夫だろう。ジゼルもフィリスも、お互いに気を遣うことはないはずだ。

「ロイももう下がれ。今日はこれで休む」

「かしこまりました」

ロイが下がったのを確認すると、俺も書斎を出た。

その後、トーマスに買って来てもらった菓子箱を自室に取りに行き、フィリスの部屋へと向かう。

灯《あか》りがついていながらも暗い廊下を一人で歩きながら、考える。

ジゼルへの違和感は少しずつあった。

でも、それは、フィリスへの想いが出せない自分の後ろめたさから感じるものかとも思っていた。

しかし違った。

その違和感から、どこかでジゼルを信じていなかったのだろう。

もしフィリスに渡してくれたら、とジゼルを信用する材料が欲しかったのかもしれない。

その結果、ジゼルはフィリスに渡すことはなかった。……本当なら自分のこの手で買い求めた菓子を渡したかった。

だが、今はそんなことよりも、彼女が菓子を少しでも喜んでくれるほうが大事だ。

そんな思いでフィリスの部屋の扉を叩いた。

◆

夕食までまだ時間があったから、私は初めて図書室に来ていた。

そこはバルコニー付きで風通しが良く、とても開放的だった。特にすることがない私は、本を二冊ほど借りて自室に戻る。

その帰りに廊下でリンジーとジェナに出くわした。

彼女たちは、私に気づくも会釈《えしゃく》はしない。侍女や使用人が横に避《よ》けずに、堂々と宮の人間の隣を通りすぎるなんて普通ではあり得ないことで、私はそれほどまでに見下されているのだ。

そんな侍女たちにあまり言いたくはないが、そろそろ掃除ぐらいはしてもらわないと困る。

「リンジー、ジェナ。少し待ってください」

渋々立ち止まった二人に私は言う。

「浴室の掃除をお願いします」

「……では、後でします」

ふてぶてしい様子で、即答しない二人。

二人に強く出られると、いつもは何も言えずに、結局私は諦めてしまう。

でも、仕事はしてもらわないと困る。だから今日は、勇気を振り絞って食い下がった。

「いいえ、今すぐにお願いします」

本を持つ手に力が入り、同時に声にも力が入る。

それくらい必死だったのに、二人は顔を見合わせ、臆面《おくめん》もなく言った。

「ジゼル様に呼ばれていますのでできません。後でしますから、失礼します！」

「ちょ、ちょっと、待ってください」

私が止めるのも聞かず、二人はサッサとどこかへ行ってしまった。

でも、あの二人が忙しいわけがない。ほとんど私の世話をしてないのだから。

そのまま憂鬱《ゆううつ》な気分で部屋に帰る。本を開いても、全く頭に入らないままだった。

窓の外からは笑い声が聞こえてきた。ふと庭を見ると、ジゼル様と何人かの侍女たちが私の部屋から見えるところにテーブルを置いてお菓子を広げ、談笑《だんしょう》している。

いつも窓の外を見ていたときはあんなものはなかった。わざわざ持って来たのかしら……

その輪のなかには、リンジーとジェナもいる。

仕事よりもジゼル様とのお茶会を優先するなんて……

もやもやしながらお茶会の様子をこっそり窓から見ていると、ジゼル様が私の部屋を見上げたので、ばっちり目が合ってしまう。

そして、ジゼル様は私に笑顔を向ける。

その笑顔はまた怖い笑顔で、どこか勝ち誇っているようにも見えた。

侍女たちもジゼル様も、何を考えているのかわからない。

私はどうしたらいいのかわからず、一人寂しくそっと窓から離れた。


憂鬱《ゆううつ》な気分のまま、夕食の時間になった。

しかし、今夜の夕食は違った。

いつもは侍女たちが、パッパッと二品ほど料理を置いていくだけなのに、今日は前菜にスープ、バゲットが並べられている。美しい見た目の前菜は、繊細な味がした。スープも、温かくてとっても美味《おい》しかった。今までのメニューは何だったのかと思うほど違う。

なかでも、オムレツに驚く。

トーマスという使用人が、見るからにふわふわのそれに、ホワイトソースをトロリとかけてくれた。優しい味で、ほろりときた。

……ちょっと懐かしい。

ルイン王国で、よく食べていた味だった。

久しぶりに満足のいく食事をとることができて、なんだかほっこりする。

今までのはなんだったのかしら？　と思うほど、劇的に変化したメニューに違和感はある。

私を上げて落とす作戦なのかしら？

そんなことをして誰にメリットが？

そんなふうに疑っていると、ふと、なぜかレックス様とジゼル様が頭をよぎる。しかし、二人が誰からも相手にされてない私をわざわざ気にかけることはないだろう。

それでも、今夜のメニューのおかげで、お腹だけでなく心も満たされた。

いつもより少しだけ気分が良くなり、そのままの気分で湯浴《ゆあ》みをした。

結局侍女たちは浴室の掃除をしなかったようで、どうしても浴槽《よくそう》に浸《つ》かる気にはなれず、シャワーだけで済ませた。シャワー後は、部屋の窓際に座り一人で髪を拭いていると、扉のノックの音がした。

――コンコンッ。

侍女たちは、いつもならノックをしないのだけれど……

どうしたのだろうと扉を開けると、そこにいたのは予想と違い、レックス様だった。

扉が開いた状態でお互い無言になるが、レックス様が先に口を開いた。

「少しいいか？」

「……はい」

レックス様は、何をしにわざわざここへいらしたのかしら？

何か気に障《さわ》っただろうか。理由がわからず、また無言になってしまう。

以前レックス様に『迷惑をかけるな』と言われたから、私からジゼル様に会いに行くことはしていない。

侍女たちと上手くいってないことは誰にも言ってないから、その件も違うだろう。

今夜の美味《おい》しかった夕食の代わりに、何か言いにくいことを伝えに来たのだろうか。

私に伝えることなんか、あるかしら？

頭のなかで考えを巡らせるが、全く心当たりがなく、戸惑《とまど》いながら、椅子に促《うなが》した。

「あの……こちらにどうぞ。今、お茶をお願いしますね」

レックス様のためなら、あの侍女たちでもきっと淹れてくれるだろう。

そう思ったけれど、レックス様は首を横に振った。

「いや、お茶は大丈夫だ。フィリスも座ってくれ」

レックス様は西の森のときのように、また優しくフィリスと呼んでくれた。

急な来訪でどうしていいかわからないものの、名前を呼んでくれるだけで不思議と嬉しいと思う。

それはレックス様が、私に会いに来てくれたからだろうか。

それとも、夫になる方だからだろうか。

全くわからない。

テーブルを挟んで向かい合わせに座ると、彼は持っていたピンクのリボンの箱を差し出した。

「今日の礼だ」

どうやら、聖女の仕事をしたお礼らしい。

まさかそんなことをしてもらえるとは思っていなかったので、恐縮してしまう。

「あの、お礼をされるようなことではありません。どうか、お気になさらず……」

レックス様の眉間《みけん》に、わずかに皺《しわ》が寄る。鋭い目は、相変わらずちょっと怖い。

「気にせずに受け取れ。あと、明日仕立屋を呼んでいる。好きな服を買いなさい」

この箱でさえ受け取れないと言っているのに、仕立屋までも手配しているなんて……ますます受け取れない。

実際、助かったのはレックス様のおかげだ。私はただ結界を張っただけで、レックス様が来てくれたから、みんな無事に済んだのだ。

「要りません。大《たい》したことはしておりませんので……本当に大丈夫です」

「我《わ》が儘《まま》だな。……気に入らないなら、別のものを贈ろう」

「……我《わ》が儘《まま》ですか？」

「我《わ》が儘《まま》な女は嫌いだ」

嫌いだと、言われてしまいました。一体何しに来たのでしょうか。

少なからずショックはある。

それなのに、どうして贈り物をしようとするのか。

そこまで、お礼に固執することないのに。

私が落ち込んでいると、レックス様は渋い顔をしながら言った。

「それと明日、母上の茶会がある。出席してくれるか？」

「はい、わかりました。……でも、明日の仕立屋は、申し訳ないので断ってください」

「……何か欲しいものはないのか？」

彼にそう問いかけられ、頭を悩ませる。

私が欲しいもの……。たまには温かいお茶が飲みたい。

贅沢《ぜいたく》かもしれないが、良い匂いのする石鹸《せっけん》も欲しいし、持って来ている化粧水なんかがなくなったら、と不安はある。あの侍女たちに頼めるのだろうか。掃除もしてくれないのに。

それに、便箋《びんせん》があれば、サイラスとミアに手紙を書ける。二人に元気だと伝えたい。

頭に浮かぶのはどれも日用品で、第二妃になるような者ならば、普通は持っているものばかりだ。

でも、侍女二人にそれらを頼むどころか、まともな会話すらできていないことがレックス様には言えない。

思わず無言になってしまう。

私が黙り込んでいると、レックス様はおもむろにふたたび口を開《ひら》いた。

「好いた男からでないと受け取れないか？」

「好きな方からいただければ嬉しいのかもしれませんが、そんな方はいませんから……」

そんな人はいない……

そう思いながらレックス様の顔を見る。この箱を受け取れという威圧感があり、ちょっと怖い。

「わかりました。……こちらだけいただきます、ありがとうございます」

「わかった……仕立屋は断ろう。代わりに何か他のものを考えよう」

お礼をしないという選択肢はないのでしょうか。

そんな疑問を浮かべる私をよそに、レックス様は席を立った。

彼に合わせて私も席を立ち、扉まで見送ろうと後ろをついて行く。

ほんの数歩歩くと、レックス様は、火のついていない暖炉の前で止まった。そして近くの一人掛けのソファーにあるブランケットを取り、私の両肩を包むように掛けてくれた。

「温かくして寝なさい。明日の茶会の時間には、迎えに来る」

「は、はい、ありがとうございます」

思いがけない優しさにドキッとしてしまう。思わず顔を横に向け、肩にかけられたブランケットを見た。

そのとき、レックス様が私の頬《ほほ》に唇をそっと落とした。

「……フィリス、俺のことは嫌ったままでいなさい」

レックス様が頬《ほほ》に添えられた手を放し、戸惑《とまど》ったままの私を置いて彼は部屋から出て行った。

一体何が起こったのかわからない。

頬っぺたとはいえ、レックス様にキスをされてしまった。

……挨拶《あいさつ》のキスではない気がする。

でも、それだとおかしいから、やはり挨拶《あいさつ》のキスのはずだ。

だって、レックス様にはジゼル様がいる。形だけの結婚相手の私のことはなんとも思ってないと思う。

でも、目の前にいたレックス様はどこか切なそうな顔をしていた。

お二人の邪魔をしないようにと、一度も朝の挨拶《あいさつ》に行かなかったから、私に嫌われていると思ったのだろうか。

レックス様を嫌いだとは一度も言ったことはないし、これからも嫌いにはならないのに……

座っている私の膝の上には、レックス様からいただいたお菓子がある。

……嬉しかった。レックス様が私のために買って来てくださったのだ。

なかには、クッキーや小さなマフィンなど綺麗な焼き菓子がたくさん入っている。そのまま、クッキーを一つ、口に入れた。ここに来て、初めてクッキーを食べた。

すごく美味《おい》しかった。どこで買って来たのだろう？

……クッキーだけで涙が出そうだ。

……明日は、朝の挨拶《あいさつ》に行ってみましょうか。挨拶《あいさつ》だけならジゼル様とレックス様の、邪魔にならないと思いたい。

いつもとは違う意味で眠れない夜が更《ふ》け、また朝が来た。

翌朝、いつも通り部屋で朝食を食べ終わると、ジェナが片付けのために部屋を出て、リンジーが私の支度《したく》をする。

リンジーは私の髪を雑にときながら、休暇も兼ねてジゼル様の王都のお邸《やしき》に一緒に帰ると報告してきた。

私はふと疑問に思って、彼女に問う。

「ジゼル様は、王妃様のお茶会には？」

「当然出席されます。妃《きさき》になられる方ですから。お茶会に参加されてから、ご実家にお帰りになります」

そうですよね。ジゼル様が出席しないわけがない。

「そちら様もお茶会に出席されるそうですね。しかし、私たちは夜には帰らせていただきますから」

刺々《とげとげ》しいトーンでリンジーは言う。私もお茶会に行くことが、気に入らないのだろう。

彼女の態度に悲しくなりつつも、私はなんとか微笑む。

「お茶会が終われば、ジゼル様とお帰りになってかまいませんよ。夜の支度《したく》は一人で大丈夫です」

きっと二人はお茶会が終わったらすぐに、ジゼル様と帰りたいだろう。彼女たちを私の支度《したく》のために無理に引き留めるほうが、かえってよくない。

「では、そうさせてもらいます」

彼女は、いつもと変わらない様子で躊躇《ためら》うことなく言った。

そのまま支度《したく》が終わり、彼女を振り向き問う。

「あの、レックス様はこの時間はどちらに？」

「……どうしてですか？」

「ご挨拶に行こうと思いまして……」

リンジーはますます不機嫌《ふきげん》になってしまった。

「レックス様にはジゼル様がいらっしゃいます！　邪魔をしないでください！　気に入られているからといって、図々《ずうずう》しいのは困ります！」

リンジーは、ものすごい剣幕《けんまく》で私を睨《にら》み怒鳴《どな》りつけてくる。

……レックス様に気に入られている？　そんな素振《そぶ》り、全くないのに。

それとも夕べ、レックス様がここに来たことを知っているのだろうか。

でも、別に秘密の逢い引きではないし、隠す必要もない。

……でも、どうしてか二人だけのことにしたいと思ってしまう。

ひたすら私を怒鳴《どな》りつけるリンジーに困惑してしまう。

そのとき、部屋の扉がバンッと開いた。大きな音に、思わずびっくりしてしまう。

「なんの騒ぎだ！」

突然部屋に入って来たのは、レックス様だった。

怒鳴《どな》られているだけで嫌なのに、急に大きな音を立てて開けないで欲しい。ますます辛《つら》くなる。

「何をしている？」

レックス様はそう言って、怖い顔で私を見る。

どうやらリンジーの声は、部屋の外まで聞こえていたらしい。レックス様がわざわざ来るなんて、相当だったのだろう。

そもそも侍女が仕えている者に怒鳴《どな》るなんてあり得ないことだ。そのうえ、リンジーはジゼル様の侍女だから、信用していると思う。

だからきっと、私が怒鳴《どな》っていたと思われたのだろう。レックス様に、どう説明しようか悩む。

リンジーも私が怒られると思っているようで、レックス様に近づきながらすぐに話し出した。

「この方が分《ぶ》をわきまえないので、私から――」

彼女が少し口角を上げてそう言ったとたん、レックス様が制した。

「誰が発言を許した……口を閉じろ。侍女に発言を許した覚えはない」

レックス様は、彼女に下がれと言うように、片手を軽く上げる。

リンジーは驚き、青ざめた様子で後退《あとずさ》りしながら部屋の壁の前に立った。

当然である。いくら妃《きさき》になる者の侍女とはいえ、気軽に声をかけていい方ではない。

「……フィリス、説明しろ」

説明しろと言われても、私はレックス様に挨拶《あいさつ》しに行きたかっただけだ。

侍女と揉める気なんてなかった。レックス様とジゼル様のお邪魔にならない時間を聞こうとしただけなのだ。

ただ、それだけなのに……

戸惑《とまど》い顔を上げられずにいると、彼は座っている私の目の高さに合わせるようにしゃがみ込んだ。

そして心配した様子で、私の顔をのぞき込む。

「何も……」

……レックス様は、ジゼル様が譲ってくださった侍女たちと上手くいっていないと知ったら、私のことを情けない王女だと思うだろうか。

もしかすると、今回の同盟締結を軽《かろ》んじていると思われるかもしれない。そう考えると、私は何も言えなくなってしまう。

しかし、彼は無言の私に、優しい声色《こわいろ》で尋ねる。

「フィリス、何の話をしていた？」

「……レックス様に朝の挨拶《あいさつ》をしに行こうと思いまして。お時間を……」

口から言葉を発すると、小さな涙が頬《ほほ》を伝い落ちてしまった。

……本当は、最初から侍女に意地悪をされていたのは気づいていた。

それでも、今までは気づかないふりをしていた。

誰が味方なのかもわからず、相談相手もいなかったから、どうにか一人でやり過ごそうと頑張ってきた。

それなのに、レックス様はジゼル様の侍女ではなく、私から話を聞こうとしてくれた。

今までずっと一人で我慢していた、何かがぷつんと切れ、レックス様の前で涙を流してしまっていた。

彼は私の頭をそっと撫《な》で、優しく話しかけてくれた。

「俺の一日の予定は侍女から毎朝聞いているだろう？」

普通ならそうかもしれない。レックス様の食事や仕事の行き帰りの時間など、報告があってもおかしくない。

けれど、私は聞いたことがなかった。

最初にレックス様から『邪魔をするな』と言われていたから、報告がないのだと思っていたけれど、彼の言い方から、侍女たちが故意《こい》に隠していたと気づいてしまった。

「……今まで一度も聞いてなかったのか？」

これ以上、彼の前で涙を落とさないように堪《こら》える。目尻《めじり》を押さえ、頷《うなず》いた。

レックス様は、ゆっくりと頭を撫《な》でてくれる。その手はとても温かく、初日とはまるで別人のように優しかった。

「……フィリス、茶会の時間の変更を伝えに来たのだが、断るか？　無理に行くことはない」

「変更ですか？」

「ああ。午後からの予定だったのが、昼食の前になった。どうする？」

レックス様は、私だけ見て、私だけに話しかけている。壁際に立たされたままのリンジーを、まるで置物とでも思っているようだ。

王女らしく、いつもの顔に戻らなければ。

涙を拭き、グッと歯を食いしばった。

「行きます。王妃様のお誘いは断れません」

「茶会用のドレスはあるか？」

「あります。何着か持って来ていますから」

「どれだ？　一緒に選んでやろう」

そう言うとレックス様は立ち上がり、衣装部屋の扉を開けた。すると、怒《いか》りを露《あら》わにする。

「これはなんだ……」

彼の静かな声には凄《すご》みがあった。

衣装部屋のなかは、あり得ないほどドレスや服が少ない。

自分で着替えた服はハンガーにかけていたが、リンジーたちにお願いしていたものは、畳まれずに雑に棚に置いてあった。持って来た服やドレスも、まだ大半はケースから出されておらず、雑に置かれている。

「なぜ整理されていない！　ドレスはどこにある!?」

レックス様に怒鳴《どな》りつけられ、リンジーは震えながら、青ざめている。

「……そ、そちら様が、……片付けをっ」

「ふざけるな！　ドレスや服の管理は侍女の仕事だろ！」

リンジーは、私のことを片付けができない人だとでも言いたかったのかもしれない。

だがレックス様は、彼女の話なんて聞く気がない。そもそも、そんな理由は通らない。

「俺がフィリスに用意したドレスまでないのは、どういうことだ!?」

「そ、それは……」

リンジーが口ごもる。初めて聞いた話に、私は呆然《ぼうぜん》としてしまう。

用意したドレスとは、何のことだろう？

レックス様からドレスをいただいたことなんてない。仕立屋はお断りしたはずだ。

彼はカツカツと早足で歩き、入り口のそばにあるサーバントベルの紐を何度も引っ張り始めた。

使用人たちの休憩室では、まるで警報のようにベルが鳴り響いているだろう。

カランカランカランッ――と。

その音を聞きつけて最初に来たのは、ジェナだった。

彼女はノックもせず、ふてくされて扉を開けた。

そこまではいつも通りだが、扉の先はいつも通りではない。

「何様のつもりだ」

レックス様は凄《すご》みのある低い声で言い放った。

ソファーの肘おきに軽く腰をかけ、腕を組んだまま扉を睨《にら》んでいる彼は、まるで戦場に立っているのかと錯覚するほど、恐ろしい雰囲気だ。

その姿に扉を開けたまま、ジェナは固まってしまった。

彼女がチラリと横を見ると、扉のそばの壁際では、リンジーがカタカタと震えて立ち尽くしたままでいる。

ジェナは置物のようになっているリンジーを見て、一気に青ざめた。

「主人の部屋にノックもなしで入るとは、どういうつもりだ⁉　躊躇《ちゅうちょ》なく扉を開けたな。いつもそうなのか⁉」

レックス様は、容赦《ようしゃ》なくジェナにも怒鳴《どな》りつける。

今にも斬りかかりそうな迫力の彼に、彼女たちは怯《おび》えてしまって何も言えない。

この場にいる私も、怒っているレックス様はとても怖い。

それでも私は、この状況をただ見ていることはできなかった。

「レ、レックス様。どうか落ち着いてくださいっ、二人が怯《おび》えてしまっています」

彼の腕を両手で掴み、震えるのを我慢して言う。

すると、彼は眉根《まゆね》を寄せた。

「……フィリスは腹が立たないのか？」

「私だって思うところはあります。でも、これでは話などできません」

「話をする必要などない！」

そう言うレックス様は、今にも彼女たちに殴りかかりそうな勢いだ。

開いたままの扉の向こうでは、使用人たちがざわついている。鳴り響き続けたベルを聞きつけて、やってきたのだろう。

「レックス様、お願いです。どうか落ち着いてください」

私は彼の腕にしがみつくように、再度懇願《こんがん》した。

こんなときにロイはどうして来ないのか。私では、レックス様を止められない。

「……他に、この侍女たちがしていない仕事はないのか？」

レックス様は、私を見て静かに言った。顔を見ると、怖いままだ。

もう隠せる状況ではないのに、私は声が上手く出せない。

そして、彼は察したように言う。

「……他にもあるのだな？」

レックス様は言葉にできない私から、リンジーとジェナを睨《にら》みつけた。

その様子に二人は怯《おび》えたまま、目を逸《そ》らす。

レックス様は確信したように、部屋を一瞥《いちべつ》し、部屋だけでなく浴室まで確認し始めた。

「……レ、レックス様、お願いです。どうか落ち着いてください」

必死で怒《いか》りを鎮《しず》めようとする私に背を向け、レックス様は浴室が掃除されてないことに気づいたのだろう。

夕べのタオルが朝まで置いてあるし、石鹸《せっけん》カスにも気づいたかもしれない。

もう私が、掃除のことなど言わなくても、二人は今よりも怒《いか》りを買うことは明らかだった。

「侍女二人には、再度仕事をするように私から伝えます。ですから、どうか……」

「再度、か……お前は、侍女たちに言っていたんだな……今まで一人で解決しようとしていたのか」

レックス様は片手で額《ひたい》を押さえ、やり切れないような苦悶《くもん》の表情で呟《つぶや》いた。

そして、侍女たちを見据《みす》える。

「お前たちの最後の仕事をやろう。今すぐ部屋中を片付け、掃除しろ。お前たちはクビだ！」

レックス様は、怒鳴《どな》るように解雇通告した。

リンジーは衣装部屋で、ジェナは浴室で、泣きながら仕事をし始めた。そんな二人にさらに追い討ちをかけるように彼は言った。

「フィリスの持ち物に涙一つでも落としてみろ、どうなるかわかっているだろうな」

どうなるかって……まさか斬り倒す気じゃないですよね……

レックス様に凄《すご》まれ、二人は血の気の引いた顔が戻らないまま、無言で仕事をしていた。

レックス様は、私の肩をグイッと引き寄せ、廊下に出ると、そこには使用人たちで人だかりができていた。

「トーマス！」

「はい、レックス様！」

レックス様が呼ぶとトーマスは勢い良く返事をして、人だかりのなかから出てきた。

それと同時に、集まっていた他の者たちはレックス様の剣幕《けんまく》に慄《おのの》いたのか、蜘蛛《くも》の子を散らすようにいなくなった。

レックス様はその様子のなかトーマスに告げる。

「あの愚か者二人を見張っていろ！　仕事が終わるまで休ませるな！」

「はいっ！」

トーマスは恐縮して私の部屋に入っていった。

レックス様は眉間《みけん》に皺《しわ》を寄せたままだった。

「フィリス、茶会は中止だ。俺は用事ができた。どこか別の部屋で休んでいろ」

そう言われても、私は他の部屋になんて行ったことがない。それでも、ここにいてはいけないのだろう。休めそうな場所を思い浮かべると、先日行った図書室が浮かんだ。

「で、では、図書室にいます」

レックス様は図書室まで送ってくれると、怒ったままどこかへ行ってしまった。

静かな図書室の椅子に座り、一人落ち着いて考える。

……どうしてリンジーたちはあんなことをしたのだろう。

彼女たちときちんと話がしたかったが、こんなに大事《おおごと》になってしまった今、きっともう無理だろう。

もともとあの二人は、ジゼル様の侍女だったのだから、私の世話をすることになって、どうしても納得できなかったのかもしれない。

侍女長は、二人のことをどう思っていたのだろうか。私は宮の侍女長を紹介されていない。もしかして、侍女長は決まってなかったのだろうか。

……そもそもジゼル様は、私のことをどう思っているのだろうか。

妻になる私に良い印象はなかっただろうけれど、ジゼル様は私と違って望まれて結婚する。私の形だけの結婚とは違うのに……。

リンジーたちは、ジゼル様の差し金で動いていたのだろうか。

ジゼル様のあの怖い笑顔がどうしても嫌で忘れられない。

それに、リンジーの言っていたこともわからない。

普段から、一緒にいるわけではないのに……

初日のレックス様の私への対応を見ていないからだろうか。あの最悪な初対面はロイしかいなかったから、私たち以外は誰も知らないのだろう。

宮に来た日。レックス様は怖くて冷たい方だった。今も顔が怖いと思うけど……

でも、レックス様は西の森に迎えに来てくれた。

あのときは急に現れて驚いたけれど、身を挺《てい》して私を守ってくれて、なぜか突然抱擁《ほうよう》された。

そのことは誰にも見られていないし、知られてもいないはずだ。

なぜあんなことをされたのか、未だに私自身もわかっていないまま。

その後、宮へ帰るときも、私が馬から落ちないようにと優しかった。

初めての晩餐《ばんさん》でも、レックス様の言い方は冷たかったけれど、よく考えれば別メニューにと言いたかったのでは？

『食事を別に』と言って、私と別々にとりたかったのはジゼル様だったような気がする。

……私の知らないこと、気づいていないことがあるように思えてくる。

この騒動のせいで王妃様のお茶会を中止にしてしまったのなら、お詫びもしないといけない。

レックス様はどこに行ったのだろうか。お話がしたい。

図書室の椅子に座ったまま、一人でそんなことを思っていた。

◇◇◇

母上に、茶会の中止を伝える使いを送った。茶会など行《おこな》っている場合ではない。

怒《いか》りが収まらないままジゼルの部屋に行くと、彼女は侍女たちと談笑《だんしょう》していた。

フィリスはこの宮に来てから、一度も侍女たちと談笑《だんしょう》することがなかったと思うと胸が痛む。

ジゼルにも、気づかなかった自分にも腹立たしさを感じる。

「全員部屋から出ろ！　ジゼル、話がある！」

部屋にいた侍女たちは、俺の剣幕《けんまく》にオロオロしながら部屋から出て行った。

部屋に一人残ったジゼルに、俺は思わず声を荒らげた。

「お前が侍女たちにやらせたのか⁉」

「なんのことですか？」

急な剣幕《けんまく》に驚いてはいるが、ツンとして顔を背《そむ》けるジゼルに、ますます腹が立ってくる。

「フィリスの侍女だ！　フィリスに対してあの態度はなんだ⁉」

「……やっぱり私のいないところで、こっそりフィリスさんに会いに行っていたのですね」

「こっそりしてなんかいないだろう！」

「私が、何も気づいてないと思っていますか？」

何を考えているんだ、こいつは！　俺は、堂々と理由があって会いに行っている！

何を言っているのか、サッパリわからん！

そもそも、普段から第二妃になるフィリスに会いに行ってないことをおかしいと思わないのか⁉

フィリスの顔すら見ない日もあったというのに！

どこをどうしたらフィリスとの仲を疑えるのだ⁉

「レックス様は、フィリスさんだけを妃《きさき》にするつもりではないのですか？」

ジゼルは、冷静に話しているつもりなのだろうが、その嫉妬《しっと》が歪《いびつ》に見えた。

「……俺はお前を妃《きさき》にすると言ったはずだぞ」

「本当にそう思っていますか？」

ジゼルは静かに尋ねた。

「お前は待っていてくれた。結婚を考えたのも本当だ」

「それは、フィリスさんとの結婚が決まるまでではないですか？　それとも、以前から彼女とお知り合いだったのでしょうか？」

ジゼルは目を伏せると、そのまま続ける。

「あんな態度のレックス様は初めて見ました。気のないように振る舞っているかと思えば、私を振り切り脇目も振らず、フィリスさんを迎えに行かれて……彼女の部屋の前を通るときはいつも気にかけていましたよね？　食事のこともすぐにお気づきになられましたね」

愛情があれば嫉妬心《しっとしん》もあるだろう。

だが、だからといって、侍女にフィリスへの嫌がらせをさせるなんて、許せるものではなかった。

ジゼルの嫉妬心《しっとしん》が、可愛らしいものでなく歪《いびつ》なものだとますます感じてしまう。それくらい嫌悪《けんお》感《かん》があった。

「お前はフィリスに嫉妬《しっと》してあんなことをしていたのだな。……茶会は中止だ。今すぐ実家に帰れ。俺が呼ぶまで宮には来るな。反論は許さん」

「……わかりましたわ」

ジゼルは椅子から立ち上がり、侍女たちを呼び戻そうとした。

ジゼルはあの二年、どう過ごそうと俺のことを待っていてくれた。

いつも堂々としている彼女は好ましかった。

だから、結婚しようと思った。恋愛感情はなくても、そこに迷いはなかった。

それなのに、フィリスにこんなことをするとは……！

「ジゼル、堂々としているお前が好きだったのは本当だ……」

「……過去形ですわね。私はまだ好きですよ」

その会話を最後に、ジゼルは侍女たちを連れて、すぐに実家へ帰ることになった。

◆

図書室にいると、廊下を走る音や、「早く！」「急いで！」と叫ぶ声が聞こえてきた。

気になった私は扉をゆっくり開けて、廊下に出てみる。

するとジゼル様の侍女たちや使用人たちが荷物を運んでいるのが見えた。

ジゼル様の侍女と目が合うと、彼女は気まずそうに会釈《えしゃく》をしてきた。

お茶会が中止になったから、ジゼル様はもうご実家に帰るのだろうか。

玄関ホールに行ってみると、ジゼル様が荷物の積み込みを指示している。ほんの二、三日だけ実家に帰るにしては、あの荷物は多すぎるような気がする。

一体どうなっているのか。

ジゼル様と一度話したいけど、何をどう話せばいいかわからない。

レックス様との仲を邪魔しようとは思っていないと伝えるべきでは。

私はレックス様から形だけの結婚だとハッキリ言われていると、ましてや気に入られていないと、誤解を解きたい。

そう思い、大階段から下りようとすると、ジゼル様が私に気づく。彼女は私を見て、何も言わずに静かにスカートの裾《すそ》を持ち、お辞儀をした。

まるでそれ以上近づいて来ないようにと、制止されたように見える。そう思うと、私の足は階段の途中で止まってしまった。

そして、彼女はすぐに私に背を向け、玄関ホールから出て行った。

そこに、レックス様の姿はない。

どうして彼は、ジゼル様のお見送りをしに来ないのだろう。

私には何もわからないまま、ジゼル様の馬車は宮から出発してしまった。

どうすることもできなかった。

私が図書室に戻ると、そこにはレックス様がいた。

「フィリス、どこに行っていた？」

「玄関ホールへ行っておりました。……ジゼル様が大荷物で出発されました。レックス様は、お見送りはよろしかったのですか？」

「ジゼルは実家に帰らせた。少し頭を冷やさせ、その後話をするつもりだ」

「……私のせいですか？」

「お前のせいではない」

本当に私のせいではないのだろうか。レックス様は私のせいにしないだけではないだろうか。

不安な気持ちが表情に出てしまっていたのか、レックス様は優しく言ってくれる。

「フィリスの部屋を確認してから、茶でも飲むか？」

「……はい」

もやもやした気持ちは晴れないまま、レックス様に連れられて自分の部屋に行くと、着々と荷ほどきが進み、衣装部屋は整えられている。

リンジーもジェナも衣装部屋で一生懸命働いていた。

その二人の様子を見ていたトーマスは、丁寧な口調で私に言う。

「フィリス様、衣類や宝石の置き方に問題があればおっしゃってください」

「ありがとうございます。とりあえずわかるように置いていていただければ問題ありません」

部屋をパッと見回すと、持ってきていた筆記用具や花瓶なども出されていた。

机には、大事にしていたあの万年筆が置かれている。私は、それを宝物のように握りしめた。

「良かった……この万年筆を出してくれたのですね。探していたのです」

これがようやく手元にあって、安心する。

すると、私と離れて浴室の確認をしていたレックス様が出て来た。

「フィリス、浴室の掃除がされていなかったということは、風呂に入れていなかったのか？」

レックス様はまた眉間《みけん》に皺《しわ》を寄せ、唇は真一文字《まいちもんじ》になっている。

「シャワーで済ませたり、濡らした布で体を拭いておりました。……もしかして、臭いでしょうか？」

もし臭っていたら恥ずかしすぎる。万年筆を握りしめたまま、肩を強張《こわば》らせてしまった。

その様子に、なぜかレックス様は、目を逸《そ》らす。

「……疲れがなかなか取れなかっただろう。お茶の前に風呂でゆっくり休みなさい」

そう言われても、リンジーたちは片付けを続けていて、トーマスが部屋にいるこの状況では入れない。

「あの、夜に入りますので」

ちらりと、トーマスを横目で見て言うと、レックス様は何となく気づいてくれたようだ。

トーマスは気を遣ってか、反対を向いてしまったし……

「こっちに来なさい」

レックス様に肩を抱かれて引き寄せられると、別の部屋に連れて行かれる。

彼との距離が近いせいか、動悸《どうき》がする。

そっと彼を見上げると、まだ厳しい表情だった。

そして、連れて行かれたのはレックス様の部屋だった。

「今メイドたちに湯浴《ゆあ》みの支度《したく》をさせるから、この風呂に入りなさい」

「夜で大丈夫ですよ」

レックス様の部屋で湯浴《ゆあ》みするなんて、あまりにも恐れ多い。

困った顔でレックス様を見上げるけれど、彼は引いてはくれなかった。

「遠慮することはない。俺はフィリスが湯浴《ゆあ》みをしている間は書斎にいるから、ゆっくり入りなさい」

「ご迷惑をおかけしたくないのです」

そう言うと、レックス様は片手で顔を覆《おお》い、俯《うつむ》いてしまった。

「迷惑ではない。俺は少し考えたいことがあるから、ゆっくり入りなさい。お茶はその後にしよう」

「……わかりました。ありがとうございます」

私が折れて頭を下げると、レックス様はメイドたちを呼び、湯浴《ゆあ》みの支度《したく》が始まる。彼は、その様子を眺めながら彼女たちに命じる。

「彼女を丁重《ていちょう》に扱うのだ。決して無礼《ぶれい》な振る舞いはするな」

レックス様は、メイドたちがリンジーやジェナと同じようなことをしないか気にしているように見えた。

やがて支度《したく》が終わり、メイドの一人に浴室に招かれる。

レックス様の部屋の浴室は広く、浴槽《よくそう》も大きい。

私が入っていいのかしら、と思うけれど、レックス様は少し考えたいことがあると言っていた。

私はここにいる方がいいのだろう。

「フィリス様、お手伝いを……」

それに、ゆっくりと浴槽《よくそう》に浸《つ》かれることが、純粋にとても嬉しい。

メイドたちは、慣れない侍女の仕事にもかかわらず、真剣な様子で手伝ってくれた。

久しぶりのお風呂は、体の芯から温まり、癒される。でも、今は私も一人になりたいし、まだメイドたちがどんな方々かもわからない。

「少しの間だけ、一人で浸《つ》かってもよろしいでしょうか」

そう言って、メイドたちにお願いする。彼女たちは素直に頷《うなず》いてくれた。

「はい、わかりました。浴室の外に控えていますから、なんなりとご命令ください」

「ありがとうございます」

レックス様がお願いしたからかもしれないけれど、メイドたちはとても優しい。

私は浴室から出て行く彼女たちを微笑んで見送ると……小さくため息をこぼした。

この宮に来て以来、さまざまなことが起こった。

私を嫌っていたであろうリンジーとジェナは解雇されてしまった。

ジゼル様は、未だに私をどう思っているかわからない。

そして、冷たくしたり優しくしたりするレックス様も——

私は誰を信用すればいいのか戸惑《とまど》っていた。

◇◇◇

フィリスが湯浴《ゆあ》みをしている間に、ロイが帰って来た。

俺がジゼルについて調べるように頼んでいたのだ。

「レックス様、何やら騒ぎが起きていたようですが……」

「ロイ、フィリスから何も聞いてなかったのか？　あの侍女たちはフィリスと気が合わないどころか、嫌がらせをしていたぞ！」

俺がそう言うと、普段は冷静なロイも驚きを隠せないでいた。

「まさか……フィリス様は今どうしているのですか？」

「俺の部屋で湯浴《ゆあ》みをさせている。湯浴《ゆあ》みも満足にできなかったようだぞ。メイドたちには丁重《ていちょう》に扱うように言ってきた」

毎朝フィリスの様子を窺《うかが》いに行かせていたロイでさえ、侍女たちの嫌がらせに気づいていなかった。

なんのために一番信用しているロイに任せたのか。

彼女の出迎えには大量の警備を配し、危険がないように備え、生活に困らないように部屋を整えたはずだったのに。

「ジゼル様はなんと？」

「ジゼルは宮から出した。フィリスが第二妃だったとはいえ、同盟国の王女に嫌がらせをするなんて、王妃の器ではない。婚約は破棄するつもりだ。フィリスの侍女たちが最後の仕事を終えたら、なぜあんなことをしたのか確認してきてくれ」

「それはかまいませんが……。ジゼル様は素直に出て行ったのですか？」

「納得はしてないだろう。……宮でジゼルにおかしなことはなかったのか？」

　ロイは考え始めた。

「そうですね……。……そういえば、以前トーマスが、ジゼル様がレックス様の書斎から青ざめて出て来たと言っておりました。特に異変はなかったようなのでそのままにしていたのですが、何か関係がありますかね？」

「それは、いつ頃だ？」

「フィリス様との結婚が決まってからだったと思います。普段からジゼル様はレックス様に会いに書斎に行っていたので、特に気にはしておりませんでしたが……。そのときレックス様は席を外されていましたかね？」

　どうしてジゼルが青ざめていたのか、わかったような気がする。

　ジゼルは多分あれを見たのだ。

　ジゼルの発言の意味も、何となく理解してしまった。

俺は、額《ひたい》に拳《こぶし》を当て項垂《うなだ》れる。

「レックス様、どうされました？」

「……多分ジゼルが何を見たかわかった」

「見られて困るものでも？」

「……お前は笑いそうだから言いたくない」

「言わないとわかりませんが……」

言いたくない！　言いたくないが……！

ジゼルにバレている今、ロイには隠せなくなっている気がした。

笑われるのを覚悟して、俺は書斎机の引き出しから、一枚の釣書《つりがき》をロイの前に出す。

「……こちらは、見ずに捨てたとおっしゃっていなかったですか？」

ロイは釣書《つりがき》を開き、何がなんだかわからないという表情になっていた。

この釣書《つりがき》は結婚が決まったときに、ルイン王国から送られてきたものだ。そして、この絵姿を見たとき、心臓が止まりそうなほど驚いた。

あのときの白いローブの聖女の絵姿が描かれていたからだ。

フィリスがあのときの聖女だと初めて知ったのだ。

「隠すほどフィリス様を気に入っていましたか？　まさか、これでフィリス様に一目惚《ひとめぼ》れを？」

ロイは呆《あき》れるように言った。俺は思わず顔をしかめる。

だから、言いたくなかった！

「うるさい！　……フィリスのことは以前から知っていた」

「は？」

ロイはポカンと口を開け、驚きを隠せない。

「あの、どういうことですか？　フィリス様といつお知り合いに？　ルイン王国の王女様と会う機会なんて今までなかったはずですよね？」

ロイが驚くのも無理はない。フィリスがガイラルディア王国に輿入《こしい》れする前に俺と会ったことは誰も知らないし、俺は誰にも言わなかった。

フィリスと俺の二人だけの秘密だった。

フィリス自身だって、俺だと気づいてない。俺でさえ、ルイン王国の王女がフィリスだと知ったのは、この絵姿を見てからだった。

「フィリスは、以前に俺と会ったとは思ってない」

「レックス様、意味がわかりません」

ロイはなおも困惑したように俺を見つめる。

俺はロイの手から釣書《つりがき》を取り、書斎机に大事にしまった。

そしてロイに、フィリスと初めて会ったときのことを少しだけ話した。この話を誰かにするのは、初めてだった。

俺がかいつまんで話し終えると、ロイは確認するように聞いてくる。

「では、フィリス様とはあの砦《とりで》で出会っていたのですね」

「俺だってあの絵姿を見るまでは、あのときの聖女がルイン王国の王女だとは知らなかった。砦《とりで》ではフィルと呼ばれていたし……」

偽名なのか、あの聖騎士《せいきし》だけが呼ぶフィリスの愛称なのかはわからない。

だが、間違いなくフィルと呼ばれていた。

道理で品があると思ったが、まさかルイン王国の王女だとは全く予想していなかった。一国の王女が、治癒のために他の聖女と一緒に洗面器を持って看護しているなんて誰も思わない。

俺の答えに、ロイはため息をついた。

「でしたら、フィリス様にそうだとお話しされたら良いのに」

「話してどうなる。フィリスにとっては、どうでもいいことかもしれない。ましてや好きでもない男のところに、第二妃になる予定で来たのだぞ。フィリスと出会う前に決めてしまったんだ……。フィリスに不幸な結婚をさせたくない」

「しかし、経緯はどうであれ、ジゼル様との婚約を破棄されるなら、フィリス様はもう第二妃にはならないのではないですか」

ロイは冷静にそう言うが、俺にはそうは思えなかった。

「もう、フィリスに嫌われるように仕向けてしまっていたんだぞ。今さらフィリスが俺を好きになるわけがないだろう。……フィリスのことは考えているから、ロイは心配するな」

「初日のフィリス様へのレックス様らしくない態度や、素っ気ないフリはわざとでしたね？」

「……だったらなんだ？」

「いえ……」

これ以上まだ何か言うつもりか、という意味でロイをジロリと睨《にら》む。

意味は伝わっているはずだが、ロイは睨《にら》んでもひるむことはない。ただ、憐《あわ》れむような表情のロイに、俺は口を噤《つぐ》んだ。

――フィリスのことが、ずっと気になっていた。

だから、ガイラルディア王国にフィリスが来たときも、人知れず引き渡し場所を見ていたのだ。

引き渡し場所が見える山から、一人で望遠鏡を使って。

そのときの彼女は、砦《とりで》にいたときのような穏やかな笑顔ではなかったことを鮮明に覚えている。

どこか元気がないようだった。

やはり俺との結婚は意に沿わぬことなのだろう。そう思うと、小さなため息が口から洩《も》れた。

もしかすると、彼女の心のなかにはあのサイラスという聖騎士《せいきし》がいるのかもしれない。

それに、ガイラルディア王国との同盟のためとはいえ、一国の王女が第二妃にさせられるのだ。

王女たる者が格下の伯爵令嬢と夫を共有するなんて、幸せとは思えない。

やはりフィリスにとって、俺との結婚は不幸なものだと再認識した。

そして、フィリスへの気持ちを押し殺して、その日は仕事に戻ったのだった。

「――レックス様？」

フィリスのことを思い出していると、ロイから心配そうに声をかけられる。いや、まだ憐《あわ》れんでいるのかもしれない。

話を切り替え、そんなロイに尋ねる。

「ジゼルについて、調べに行かせていただろう。何かわかったことはあるか？」

「それが、色々わかりました。結果から言いますと、ジゼル様は二度と宮に入れないでください。必ず婚約破棄していただきます」

不審な点があったのか、ロイは険しい顔つきで報告書を出した。俺は、手渡されたそれに目を通す。

ロイは、そのまま続ける。

「……ガスパー男爵家の嫡男《ちゃくなん》、ジェフリーは、ジゼル様のお邸《やしき》をよく訪問されているそうです。ちなみに、今夜もお泊まりになるようです。ジゼル様のご実家の、アウラ伯爵家の医師がなかなか口を割らず、苦労しました。おそらく、巻き込まれたくなかったのでしょう」

「ジゼルは、ジェフリーとは結局婚約しなかっただろう。二人は、すでに終わっていたのではなかったのか？」

ジェフリーは、以前ジゼルが付き合っていた男だ。

だが、二人は婚約しなかったし、俺と知り合ったときには、すでに別れていたと調べはついていたはずである。

ロイは肩をすくめ、首を横に振る。

「それが違うようです。ずっと二人の関係は続いていたらしく……レックス様があの戦争からお戻りになられた後も、お仕事などで宮にいないときに、ジゼル様はこっそり実家で逢い引きをしていたようです」

俺と出会ったときには別れていたが、戦《いくさ》に出ている間もジェフリーと会っていたのは、宮に入る前の身辺調査でわかっていた。

だが、寂しかったのだろうと、気にしなかった。それが、まだ続いていたとは……

そう思いながら、ページをめくると、この報告書にはジゼルが現在妊娠していると書かれている。

そのページに合わせるようにロイは眉間《みけん》に皺《しわ》を寄せたまま、俺に尋ねた。

「レックス様、最後にジゼル様を召したのはいつですか？　ジゼル様のお腹の子がレックス様の御子と主張されれば、少々まずいですよ」

「……召してない」

「は？」

ロイは、一度くらいはあると思っていたようだ。

しかし、夜にジゼルがやって来ても、俺はいつも彼女を部屋に帰していた。ジゼルのお腹にいる子は、間違いなく俺の子ではない。

ぽかんとするロイに、俺は繰り返す。

「一度もジゼルを召したことはない」

「……レックス様、どこか悪いのですか？」

「どこも悪くない！　忙しくて召す気にならなかっただけだ！」

「夜伽《よとぎ》のお相手でも呼びましょうか？」

「いらん！　余計なことをするなよ。なぜ、俺が夜伽《よとぎ》を呼ばねばならんのだ」

今は宮にフィリスがいる。変な目で見られたらどうする。そう思いながら、俺はロイを軽く睨《にら》んだ。

「夜伽《よとぎ》の心配はするな、今はジゼルの問題だ」

「……そうですね。まだ初期ですから、ジゼル様の想像妊娠の可能性もあります。しかし、ジゼル様が医師に診《み》てもらったということは、妊娠の心当たりがあるということです。ジェフリーと体の関係があったことは間違いありません」

最近特にジゼルが寝所に来たがっていたのは、お腹の子を俺の子だと思わせるためだったのか。

さすがに、他の者との子を王太子の子と偽られるのは問題だ。

俺が報告書に目を通したまま、ロイは厳しい声で続ける。

「ジゼル様とは早々に婚約破棄してください。周りにレックス様の御子だと思われる必要はありません。情けをかけないでください」

「準備ができ次第ジゼルを呼び出せ。正式に婚約を破棄する」

「はい。では、明日から準備に取り掛かります」

「頼む。俺はフィリスを待たせているから、そろそろ行くぞ。ロイはフィリスの部屋を確認してくれ」

「かしこまりました。フィリス様の部屋の確認が終わり次第、侍女たちにも話を聞いてきます」

ロイはいつも通り一礼をして出て行った。

◆

レックス様の部屋に来てから、私はゆっくりと湯浴《ゆあ》みをした。久しぶりに癒された。

湯浴《ゆあ》みのあとは、そのままレックス様の部屋でメイドたちが綺麗に髪を乾かし、お茶会用のドレスも持って来てくれた。

髪まで整えてもらっていると、大きな天蓋付きベッドが目に入った。このベッドにレックス様とジゼル様が毎晩いたのだと思うと、胸がモヤモヤしてくる。余計なことは考えまいと、ベッドから目を逸《そ》らす。

メイドは緊張しながらも髪を優しく丁寧に梳《す》き、綺麗なハーフアップにしてくれた。

私が好んで、いつもしている髪形だ。

宮で使用人たちとすれ違うことはそうない。だからきっと私が気づいていないだけで、どこかでメイドたちも私の姿を見ていたのだろう。

「綺麗にしてくださって、ありがとうございます」

思わず、そう声に出していた。

そっとメイドたちを見ると、私に声をかけられ驚きながらも、笑顔で一礼してくれた。

ここでの立場がわからなくなりそうだったけれど、いきなりルイン王国の王女に声をかけられたら、驚くのは当然だ。ちょっと反省する。

この宮の使用人たちがみんな、ジゼル様の侍女のような人ではないのかもしれない。彼女たちの微笑みに胸をなでおろすと、レックス様が部屋に戻って来た。

彼がメイドたちに向かって片手を上げると、彼女たちは静かに下がった。

「フィリス、落ち着いたか？」

「はい、ありがとうございます」

怖い顔とは裏腹に、優しく気遣ってくれるレックス様を不思議に思う。

彼は、本当はすごく優しい方ではないのだろうか。

レックス様は来るなり、座っている私の目の高さに合わせるようにしゃがみ込んだ。

「フィリス、ジゼルや侍女たちが本当に申し訳ないことをした。俺から詫びよう。本当にすまなかった」

「レックス様が謝罪されることではありません」

「他に何か困ったことはないか？　なんでも言ってくれ」

レックス様は優しい声でそう言いながら、膝の上にのせていた私の手に彼の手を重ねるように握った。

握られた手にドキッとする。私は少し顔を熱くしながら、彼に答える。

「困ったことはありません。……でも、レックス様はどうして私に優しくしてくださるのですか？ジゼル様のお見送りもなさらなかったようですし……」

「ジゼルとは後日きちんと話す。そのあと一番に、フィリスに報告しよう」

握られた手は温かい。その手を見ながら頷《うなず》くと、レックス様がふたたび口を開《ひら》いた。

「フィリス、お前の好いた男をルイン王国からここに呼び寄せるか？　お前はもうガイラルディア王国の人間だ。ルイン王国には帰れないが、俺がこの国でその男と結婚させてやるぞ。もちろん同盟に影響がないようにする。……どうだ？」

唐突な話に、レックス様の考えが見えない。

そもそもルイン王国に、好きな方なんていない。一体誰を呼び寄せるつもりなのか。

レックス様は何を考えているのでしょうか？　と突っ込みたくなるぐらいわからない。相手の男に心当たりがなさすぎる。

「あの……好きな方なんていませんし、そもそも私はレックス様の第二妃になる予定で来たのですが……」

「もし、相手の男がどうしてもガイラルディア王国の人間になれないなら、いい縁談を探してやるぞ？　もちろん、どちらにしてもフィリスの生活に不自由がないよう、一生保証してやる」

レックス様は、私とは形だけの結婚すら嫌なのだろう。

そう思うとまた俯《うつむ》いたまま、レックス様の手をただ見ていた。

そんな私の頭の上から、レックス様の優しい声が降ってくる。

「フィリス、最初にお前に冷たい態度を取ってしまった。それも詫びたい」

「……レックス様が謝罪することはありません。私と結婚しないなら、あの態度は普通です。……私のことがお嫌いなら……当然です……」

自分で言っておきながら、悲しくなり、スラスラと言葉が出なかった。顔も上げられない。

すると、レックス様の手に力が入った。

「フィリスを嫌ったことは一度もない」

「……では、なぜあんな態度を？」

レックス様をチラリと見ると、彼は、横を向いて何か考えているようだ。

「……フィリスは俺に手を握られても嫌ではないのか？」

「嫌ではありません。……レックス様のことは嫌いではありませんから」

そう言うと、彼は一度こちらに向けた顔を、また逸《そ》らしてしまった。

なぜいちいち横を見るのでしょうか？

「嫌いになってもらわねば、他の縁談を探せないのだが……」

「私の縁談を探す必要があるのですか？　形だけであっても、私たちは結婚するのではないですか？」

また、レックス様は考え込んでしまった。彼は相変わらずの無表情で、何を考えているのか全く読み取れない。

それでも、手がしっかりと握られていることも不思議だった。

「レックス様……縁談の話をされても、私には答えられません。レックス様の命令なら、その通りにいたします」

「……命令する気はない。宮で、好きに過ごせ。……縁談の話は、またそのうちにでもしよう。困らせて悪かった」

彼は立ち上がると、私の手を引き、立たせてくれた。

「お茶を準備させている。……昼食も一緒にとろう」

「はい」

手は繋がれたまま、サロンに連れて行かれる。サロンにはお茶とお菓子が準備されており、レックス様が椅子を引いてくれた。

終始私を気遣ってくれるのが、なんだか気恥ずかしかった。

「ありがとうございます」

そう言いながら見上げると目が合って、思わず照れてしまい、同時に目を逸《そ》らした。

もしかして、私と同じように照れているのだろうか……

でも、レックス様が照れることなんてあるのだろうか。

恥じらいを隠すように、目の前に置かれたカップを取る。

温かくて、この宮に来て初めて美味《おい》しいお茶だった。思わず涙が出そうだった。

「お茶がとっても美味《おい》しいです……」

「……嫌な思いをさせて悪かった。もっと早く気づくべきだった。すまない」

「そんなことありません。……気づいてくださったのはレックス様だけです」

「本当にすまない」

「いいのです……」

レックス様は、宮での生活に慣れなくてはと一人でやり過ごそうとした私に気づいてくださった。ここは貴族のお邸《やしき》ではないのだから、主人が使用人のことにまで気をつけるなんて、普通ではあり得ない。ましてや、上級の使用人ではないなら尚更《なおさら》だ。

それなのにレックス様は、気づいてくれた。

温かいお茶に口を付ける私に、レックス様は申し訳なさそうに謝る。

縁談の話や好きな方の話はよくわからないけど、レックス様とのお茶は悲しい気持ちを和《やわ》らげてくれた。

お茶が終わり、食堂に行こうとレックス様と席を立ったところで、ロイがリンジーとジェナを連れて来た。

「お時間を取らせて申し訳ありませんが、少しだけよろしいですか？」

そう言うロイの後ろにいる泣きはらした目の侍女たちは、憔悴《しょうすい》しきっている様子だ。

すると、レックス様が私を庇《かば》うように一歩前に出た。その姿は私を侍女たちから守ってくれるようで、驚いてしまう。

彼の私に対する態度がいきなり豹変《ひょうへん》したので、少々圧倒される。

その様子に、ロイも目を見開いていた。あまりの変わり身にロイは突っ込みたいのかもしれない。

だが、毅然《きぜん》とした態度でリンジーとジェナに告げる。

「さぁ、二人とも、フィリス様に謝罪を」

「「……も、申し訳ございませんでした……」」

項垂《うなだ》れていた二人は、声を揃《そろ》えてさらに深く頭を下げる。

そんな彼女たちにレックス様は、眉一つ動かさない。いつもの厳しい顔で、冷たく言い放った。

この迫力のある顔は本当に怖い。

「お前たちはクビだ。今すぐに出て行け。宮にある使用人専用の馬車を出すことも許さんぞ。二度と宮に近寄るな」

「「そ、そんな……！」」

迫力のあるレックス様に凄《すご》まれて彼女たちは、わぁっと泣き出した。

まさかこの状況で使用人専用の馬車でジゼル様のところに帰る気だったのかと、疑ってしまう。

そんな二人を気にする様子もないまま、ロイは淡々と話を進める。

「フィリス様、詳細は俺から話しますが、何か彼女たちに言いたいことがあればどうぞ」

彼女たちに聞きたかったことはたくさんある。

いっときとはいえ、間違いなく私の侍女だったのだ。

でもいくら嫌がらせをされたからといって、むやみやたらに始末することなんてできない。

嫌がらせをされるたびに始末なんてすれば、私は暴君になってしまう。甘いと言われようとも私にはできない。宮から出すだけで充分だ。

もう、彼女たちと会うことはないのだから。

だから、最後はオドオドとした言葉で伝えないようにした。

「わかりました。お話はロイから聞きます。……私はジゼル様のお邪魔をする気などはありませんでした。もうあなたたちと会うことはありませんが、どうか達者で過ごしください。……私から言うことはもうありません」

二人に最後の言葉を伝えると、なぜかロイは満足そうな顔で頷《うなず》いた。

そして、ロイは二人に再度謝罪をさせると、彼女たちを連れてサロンから出て行った。

このあと二人はどうなるのだろう。

本来なら退職時には推薦状を持って次の職を探すものだが、リンジーとジェナはそれさえも持たされなかったのだ。

推薦状も持たずに退職するということは、よっぽどの問題を起こして辞職させられたということ。

そんな人間を雇いたい貴族の邸《やしき》なんかどこにもない。リンジーとジェナはジゼル様の邸《やしき》以外で、侍女のような仕事には就けないということだ。

ジゼル様の邸《やしき》以外で仕事に就くことも難しいかもしれない。

そう考えていると、レックス様に「行くぞ」と手を引かれ、食堂へと向かう。

呆然《ぼうぜん》とする二人の横を通り過ぎるが、私もレックス様も振り向くことはしなかった。


初めてレックス様と一緒に昼食をとる。

そのときふと思い出して、尋ねた。

「レックス様、王妃様のお茶会が中止になってしまったので、王妃様にお詫びをしたいと思っております。どなたに詫び状を届けてもらえばいいのでしょうか？」

「それは別に気にしなくても大丈夫だが……。それなら、このあと母上の宮に連れていってやろう」

「よろしいのですか？　ありがとうございます」

ありがたい提案にホッとして、私は食事に手をつける。

そんな私を、レックス様はじっと眺めていた。

「食事は美味《うま》いか？」

「はい、とっても美味《おい》しいです」

少量のスパイスがかかった白身魚のグリルに、新鮮なサラダが添えてあり、すごく食べやすい。

レックス様はなぜかわからないけど、優しい。

正面のレックス様を見ると、食事をしているだけなのに動悸《どうき》がする。

初日にこの優しさが欲しかったと、考えてはいけないだろうけど密《ひそ》かに思ってしまう。

そんなことを思っているなんてジゼル様やレックス様に知られたら、きっと不愉快《ふゆかい》な思いをさせてしまう。

胸の奥がギュッと締まるような感じがする。さっきから自分の気持ちが安定しない。

自分がわからない。その不思議な感覚のまま、最後の一切れを食べた。

そして、レックス様との昼食を終えた。

その後、自分の部屋に戻って、急いで王妃様への詫び状をしたためていると、レックス様が迎えに来てくれた。

万年筆を見て動かない。

この目に見つめられると、不思議と動悸《どうき》がする。レックス様はそのままの体勢で私が使っている
背の高いレックス様を見上げるると、目が合ってしまう。思わずまた目を逸《そ》らしてしまった。

彼は来るなり、机と椅子の背もたれに手を置き、私を見下ろすようにした。

「はい、もう終わります」

「……できたか？」


「フィリス、さっき湯浴《ゆあ》みする前にも、その万年筆を握っていたな……」

「こ、これは、いただきものですが、気に入っているのです」

この万年筆をくれた人はすごく優しかった。

ガイラルディア王国の人を助けることで、私が叱《しか》られるんじゃないかと、ずっと気遣ってくれていた。実際は、名前も顔も知らないガイラルディア王国の方と二人っきりだったことは、サイラスも特に他言しなかったから、誰にも叱《しか》られることはなかったけれど。

お顔も名前もわからない方だけど、またお会いして万年筆のお礼を言いたいと密《ひそ》かに思っている。

レックス様に聞けば、彼を探してくれるだろうか。

あの日、あの砦《とりで》に来た人物という情報があるから、調べればわかるかもしれない。レックス様みたいな低い声で、背の高い方だったことぐらいしかわからないけれど……

でも、形だけの結婚とはいえ、夫となるレックス様に男性を探してほしいと頼むのは、不貞《ふてい》を疑われるだろうか。

それとも、好いた男と結婚させてやると言うくらいだから、私に会わせてくれるだろうか。

でも、またお会いして万年筆のお礼が言いたいだけで、レックス様に疑われたくない。

思い悩む私に、レックス様が問う。

「フィリス、それを誰にもらったか聞いてもいいか？」

「……言えません。秘密にすると約束しましたので……」

レックス様は、大きな手で口を押さえて横を向いてしまった。

もしかして、やはり不貞《ふてい》を疑われてしまったのだろうかと慌《あわ》てて弁解する。

「あの、決して不貞《ふてい》などではありませんから……。形だけの結婚だとしても、そういうことはいたしませんので……」

「わかっている」

レックス様は、口を結び無表情になってしまった。怒っているような、顔が緩むのを抑えているような、その微妙な表情はなんでしょうか……

よくわからないレックス様に背を向け、詫び状を封筒に入れながら、お詫びの品を用意できてないことに気づき、振り向き尋ねた。

「あの、レックス様。王妃様のお詫びの品はどうしたらよろしいでしょうか？」

「それなら、母上の好きな菓子をトーマスに持って行かせるから心配はいらない」

「そうですか。ありがとうございます」

レックス様は冷たく乱暴な方だと思ったけど、宮のなかでは粗野《そや》な感じはない。

私が準備できないとわかって、気遣ってくれる優しさがある。

この冷たく怖い顔が笑うことはないけど、私の不思議な気持ちはまだ継続中だった。

「フィリス、行くぞ」

「はい」

詫び状を手に、私たちは王妃様のいる宮へと向かった。


王妃様の宮に近い中庭では、王妃様と一人の男性がお茶をしていた。

「よく来てくれたわね。フィリス」

王妃様は笑顔で迎えてくれた。しかも、また少し頬《ほほ》を赤くし私を見ている。

隣のレックス様は、なぜか王妃様を睨《にら》んでいる。ちょっと怖い。

「初めまして、フィリス様。レックスの従兄弟《いとこ》のエリックです」

輿入《こしい》れする前に、レックス様の親族については聞いている。エリック様はレックス様より年下だったはず。エリック様は、武官のように鍛《きた》えられたレックス様と違って穏やかで、文官らしく見えた。

「お久しぶりです、王妃様。そして初めまして、エリック様。フィリス・ルインです。どうぞよろしくお願いします」

二人に挨拶《あいさつ》をすると、王妃様は微笑んでくれた。

「フィリス、とても会いたかったわ。ちょうど、お茶を淹れてもらったところなの。よかったらご馳走《ちそう》するわ」

お茶会が中止になったお詫びに来たのに、お茶をご馳走《ちそう》してもらうことになり、なんだか申し訳ない。

レックス様は、王妃様のお誘いにますます眉間《みけん》に皺《しわ》を寄せていた。その顔は怖いから、やめてほしい。

お茶をご馳走《ちそう》になるだけなのに、なぜレックス様は不機嫌《ふきげん》のまま席に着いた。

◇◇◇

俺は母上をひとしきり睨《にら》んだあと、黙り込んだまま、お茶が用意されたテーブルを見回していた。

母上は、当初から可愛らしいフィリスを気に入っている。

昔から母上は可愛いものが大好きだ。そのせいで、昔から俺にも、もっと可愛い子どもが良かったとよく言っていた。

唯一の子どもである俺が正反対のタイプだから、フィリスと話せるのはよりいっそう嬉しいようだった。母上のデレデレした笑顔が嫌だが、エリックも気になる。

ラウンドテーブルには、俺の隣にフィリスが座っている。その隣がエリックだ。

エリックはフィリスに柔らかく話しかけて、彼女は微笑みながら相槌《あいづち》を打っている。

いつも俺と話すときとは違って、フィリスはエリックから目を逸《そ》らさない。俺のような無骨《ぶこつ》な人間よりも、エリックのような人がフィリスには似合っているのだろう。

そんなことを思いながら、時間はどんどん過ぎていく。

「フィリス様、少し庭園を散歩しませんか？　王妃様自慢の庭園ですよ」

エリックはそう言ってフィリスに手を差し出した。

彼女はきっとその手を添えるのだろう。思わず、エリックの手に目が釘付けになった。

そんな俺に、フィリスはエリックの手から目を離し話しかける。

「あのレックス様は……？」

素直に行って来いと言えない自分には気づいている。それでも、行っておいでと言うべきなのだろう。

「俺のことは気にせずに行きなさい。俺は母上と少し話がある」

「……はい」

落ち着いた返事。彼女はそう言うと立ち上がり、エリックと並んで庭園へと歩いて行った。

二人の後ろ姿を見ていると、母上が呆《あき》れるように話しかけてきた。

「そんなに気になるのなら、あなたもお行きなさい。あの約束は、なかったことにして予定通り第二妃として迎えなさい。ジゼルには、よく言い聞かせれば……」

「そのことなのですが、俺はジゼルとはもう結婚しません……」

「あら……」

母上の言葉が遮《さえぎ》るように言うと、母上は驚いてそれから黙り込んでしまった。

母上はジゼルとの結婚に賛成も反対もしなかったから、別れても何も気にしないのだろう。

ただ何か含みのある表情で、俺のことをジーッと睨《にら》みつけてくる。

その視線を感じながら、俺はエリックと歩くフィリスを見ていた。

◆

私はレックス様と離れて、エリック様と美しい庭園を歩いていた。

エリック様とはたわいない話をしている。

エリック様は私に「ガイラルディア王国に来てどうですか？」とか、「好きなものは何ですか」とか聞いてくる。ただの社交辞令のような会話に、惹かれるものはなかった。

でも、レックス様が言っていた良い縁談相手とは、きっとこのエリック様のことだろう。

レックス様は私がエリック様と二人きりになるのに、一緒に来てくださらないどころか、止めてもくれなかった。

レックス様を見ると、王妃様とお話し中で私を気にもしていない様子だ。

ジゼル様であれば、きっと他の方と二人きりにはさせないだろうに……

モヤモヤする気持ちを悟《さと》られないように、笑顔でエリック様との会話を楽しむフリをしていた。

「フィリス様、今度晩餐《ばんさん》をご一緒しませんか？」

「レックス様は来られますか？」

突然の誘いに驚きつつ、私はそう返事をした。

せっかくのお誘いであるものの、正直気が進まない。

ガイラルディア王国での初日の晩餐《ばんさん》があんなふうに終わって以来、誰かと一緒に食事をすることはなかった。

レックス様と二人で晩餐《ばんさん》をしたこともないのに、エリック様と二人で食事をするのは少し抵抗がある。

そんな私に、エリック様はにこやかに続けた。

「もちろんご一緒でもかまいませんが、俺と二人はお嫌ですか？」

「そういうわけではないのですが……。私はレックス様の宮に入っていますので、勝手に行くとご迷惑かもしれません」

私が誰と食事をしたとしても、きっとレックス様は気にしないと思う。

虚《むな》しいが、私は形だけの結婚をするためにここへ来たのだ。それでも、お断りする理由が欲しかった。

「それでは、一応レックスに確認しましょうか」

エリック様は、にこやかにそう言う。

レックス様なら絶対に「行って来い」と言いそうだと思っていると、後ろから声がした。

「フィリス、もう帰るぞ」

気がつけばレックス様が後ろにいた。どうやら迎えに来てくれたようだ。

ほんの少しの距離でも迎えに来てくれたのは予想外だった。

それとも、用が終わったから、早く帰りたいのだろうか。それでも、レックス様に駆け寄りたくなった。

「帰ります。一緒に帰りましょう」

レックス様のそばに寄りたくて、近づきながらそう言った。

最後にエリック様と王妃様に挨拶《あいさつ》をして、レックス様と並ぶように歩く。

彼は私を気遣って歩幅を合わせてくれている。

それがなんだか嬉しいと思いながら、レックス様の長い足に視線を落とすと、急に話しかけてきた。

「明日は二人で出掛けないか?」

「……私と二人でですか?」

「そうだ。フィリスと俺の二人で出掛けよう。何でも買ってやるぞ」

二人でと言われて、胸に小さな火が灯《とも》ったような温かい気持ちになる。

「フィリス、どうだ?」

「はい、もちろん行きます。……楽しみです」

「そうか」

そう言って、レックス様は私の頭をポンポンと優しく叩いた。

急なお誘いで驚くが嬉しい。気恥ずかしくて、少し頬《ほほ》が緩む。ちょっと明日が楽しみになってきた。

そして彼はその手を下ろし尋ねる。

「エリックはどうだった？」

「聡明《そうめい》な方……そのような印象を受けました。あのエリック様に食事に誘われました」

「行くのか？」

そう問いを重ねられて、私は思わず俯《うつむ》いた。

「……レックス様が行けと言うなら行きます」

「なら、行く必要はない」

予想とは違う返答で驚き、目を見開く。そして、ゆっくりと見上げた。

「……私の縁談相手にするつもりだったのでは？」

「フィリスが嫌なら、縁談はさせない」

「……嫌です。縁談はしません」

レックス様に縁談を勧《すす》められたくなかった。そう思う気持ちを強く込めて言った。

すると、レックス様の足が突然止まった。

どうしたのかと、振り向こうとすると、レックス様にフワリと抱き寄せられる。

——そして、一言。

「フィリス、俺と結婚するか？」

一体レックス様は何を言っているのか、全く理解できない。

「レックス様、私は結婚する予定で来たのですけれど……」

「フィリスは俺との結婚が嫌ではないか？」

正直、最初は嫌だったのは間違いない。

でも、今は違う気持ちがある。

「……最初は乗り気ではありませんでした。でも、今はレックス様に優しいところがあると知ってしまったというか……もちろん、ジゼル様とのお邪魔はしません」

優しく抱きしめられて、赤くなってしまった顔を隠すように腕のなかで下を向く。

そして思わず、レックス様の腕を握ってしまった。

「……私からもお願いしていいですか？」

「なんだ？」

「ジゼル様がいないときだけでいいので、私とも一緒にいてくださいますか？　形だけの結婚でも、お互いのことを何も知らないよりはいいと思うのです」

「……ずっとお前と一緒にいよう」

レックス様は少しかがんで、私の頬《ほほ》に唇を落としてきた。

どうしてレックス様がこんなことをするのかわからない。

レックス様を独り占めすることはできないとわかっていても、自分のなかで無視できないほど、淡い期待をハッキリと感じていた。

それから数時間後。

今夜は初めてレックス様と二人だけで晩餐《ばんさん》をとることになった。

レックス様が準備してくれたドレスに身を包み、食堂の席についている。

このドレスは私がガイラルディア王国に来たときに、レックス様がくれたものだった。そんなことは知らず、ましてや侍女たちが隠しているとは思いもよらなかった。

よく考えれば、一国の王女が輿入《こしい》れするのに、ドレス一つ準備されないのは、おかしなことだ。

それなのに私は望まれてない王女だからと気にすることすらなかった。

今、隠されていたドレスは全て衣装部屋に並べられている。どれも息をのむほど立派で素敵なものばかりだ。

支度《したく》を手伝ってくれたメイドも『すごくお似合いです』と言ってくれて素直に嬉しい。

知らなかったとはいえ、こんなに素敵な贈り物にお礼も言っていなかったなんて、何と無礼《ぶれい》だったことか。

正面を見ると、レックス様と目が合った。恥ずかしいけれど、少し口元が緩む。

たった一人でこの国に来てから、辛《つら》く悲しい日々だったが、今日は違う。

優しく私を見つめてくれるレックス様が目の前にいるのだ。胸がいっぱいになりながら、私はお礼を伝えた。

「素敵なドレスをありがとうございました。ドレスを準備してくださっていたなんて知らず、お礼が遅れてしまいました。申し訳ありません」

「気に入ったか？」

「はい」

そう答えると、レックス様は視線を逸《そ》らし、ワインをクイッと飲んだ。

不思議と、今は怖くない。

顔を見合わせて食事する。ただそれだけのことなのに、嬉しさと気恥ずかしさから、動悸《どうき》は止まらない。私はワインを飲んでいないのに、顔が赤くなっている気さえする。

レックス様と目が合うと、熱くなる頬《ほほ》を隠すようについ下を向いてしまう。

そんな私に、レックス様は無表情ながらも優しく言う。

「フィリス、明日も一緒に食事をとらないか。一人で部屋で食べることはない。ジゼルはしばらく実家にいるから、お前が気を遣う必要もない」

「……はい」

一緒に食事をしてくださるのは嬉しい。

でも、ジゼル様のことが気にならないわけはない。かといって、ここで私が根掘り葉掘り聞くわけにもいかない。

いくら二人だけの食事とはいえ、給仕には使用人もいるのだから聞かせられる内容ではない。

疑問を残したまま、私はただ静かに返事をした。

晩餐《ばんさん》が終わり部屋に戻ったあと、夜にはロイがやって来た。

「遅くにすみません。お休みになられるようでしたら、日を改めます」

「大丈夫ですよ。何かありましたか？」

ロイの報告はリンジーとジェナのことだった。

彼女たちは、ジゼル様を思うあまり、私に嫌がらせをしたらしい。

彼女たちは、私によってジゼル様がレックス様との仲を引き裂《さ》かれたと思っているのかもしれない。

しかし、彼が望んで第二妃を迎えたわけではない。私も、ただ同盟を結ぶために来ただけなのだ。だから彼女たちが思うような関係ではないのにと、私は首を傾《かし》げる。

「私は、レックス様に嫌われていましたけれど……」

「レックス様は色々と思うところがありまして……最初レックス様は、フィリス様にあんな態度をとっておいででしたが、充分配慮をなさっていました。あの方は、フィリス様を宮で大事にするつもりですから」

レックス様が色々と思うところがあったという部分は少し気になるけれど、さらにロイは話し進める。

「あの嫌がらせは、侍女たちが勝手にしたことです。本当に申し訳ございません。……どうか、お許しにはならないでください。もう宮には入れませんし、フィリス様の侍女に再度迎えることは絶対にございません」

悔いた様子で再度頭を下げるロイに、私は寄り添うように告げる。

「……そうですか。主《あるじ》であるジゼル様を思ってしたことでも、仕事をしない者を置いておけないのはわかります」

「はい。その通りでございます……。それにしても、フィリス様は夜遅くまで起きていらっしゃるのですね。もしかして、眠れないのですか？」

ロイに不眠を言い当てられる。だが、今日のことを考えるとこれ以上彼に迷惑はかけられず、すぐに返答ができない。

「フィリス様、俺は今は色々忙しくて宮のことに気を回せていませんが、元々は王室執事です。落ち着いたらレックス様の執事に戻ります。ですから、何でもおっしゃってください」

ロイは少し寂しそうな様子で、そう告げる。私に頼られないことを悲しんでいるようだ。

彼の表情を見て、思わず打ち明けてしまう。

「……実は、宮に来てからあまり眠れないのです」

「そうでしたか。それでは、すぐによく眠れる薬をお持ちしましょう」

「ありがとうございます。お願いいたします。明日は、レックス様と出掛けますので、そうしていただけるとありがたいです」

そう答えると、ロイは嬉しそうに続けた。

「フィリス様、それならコンサバトリーでお茶をするのはいかがですか？　小さめの建物ですが、二階の広いバルコニーのなかにあるのです。星がよく見えて綺麗ですよ」

「そうですね。少し部屋から出ましょうか」

ずっとこの部屋にいては、確かに息が詰まるような気がする。

私は素直にコンサバトリーへ行くことにした。そこは、正五角形の二階建てだった。温室のようなガラス張りの外観は、まるで大きなランタンのように綺麗だった。

「すごく綺麗です」

「小さめですが暖炉もありますので、夜でも暖かいですよ。螺旋《らせん》階段からは一階にも下りられます」

ロイがそう説明し、私はソファーに座ると、温かいお茶を淹れてくれた。

「では、ごゆっくりお過ごしください」

「はい、ありがとうございます」

私をコンサバトリーに残し、ロイは出て行った。

寝る前に温かいお茶が飲めることがこんなにも嬉しいなんて、ちょっと感動する。

そして本を開いて読んでいるうちに、気がつけば眠ってしまっていた。

◇◇◇

俺が夜更《よふ》けに書斎で仕事をしていると、ロイがやって来た。

「ロイ……ジゼルの頭は冷えていると思うか？　お前はジゼルをどう思う？」

「どうでしょう。思うところは色々ありますけど」

口には出さないが、腹黒ロイは心のなかでジゼルに対して何か思っているのだろう。思わず、しらけた顔になる。

「お前は腹が黒いところがあるからな……聞かないことにする」

「レックス様は聞いても、自分の意志を曲げないでしょう？　ですが、托卵《たくらん》は絶対に許せません。あなたは一度もジゼル様を蔑《ないがし》ろにしたことなどなかったのに……」

ロイは厳しい声で言ったあと、黙ってしまう。よっぽどジゼルに対して怒っているようだ。

「ロイ、思いふけるなら別のところでやれ」

「思いふけっているわけではありません。決意を新たにしているだけです。それと、お茶をコンサバトリーにご用意していますので、寝る前にどうぞ」

「後で行く」

俺は、フィリスに出す料理のメニューを決めなければいけないため忙しい。

本当なら宮の女主人がすることだが、ジゼルがいなくなったので、しばらく俺が料理人と決めることになったからだ。まだフィリスにさせるのは申し訳なくて頼めない。

しかし、ロイは頻《しき》りにコンサバトリーでのお茶を勧《すす》めてくる。

「レックス様、お茶を先にしませんか？」

「だから、後で行くと言っているだろう」

ロイが何を考えているのかはわからないが、今はフィリスのことが気になる。

「そんなことより、侍女にするメイドはいつ来る？」

「彼女は実家に帰っていますので、準備も含めるとまだ先ですね。彼女とは別にもう一人、明日から侍女にしようと思っているメイドはいます。大人しい若い娘です」

「フィリスと合いそうか？」

「ええ、彼女は灯《あか》り消しに回っているときに、レックス様がジゼル様を部屋に帰らせていたところを目撃していたらしいですよ。良かったですね。ジゼル様を召してないと証言してくれる人が見つかりまして」

「見ていたメイドがいたのか……」

胸を強調したナイトドレス姿でやって来るジゼルを、何度部屋に連れ返したことだろうか。

「見ても誰にも言えないでしょう。夜の二人の様子をペラペラと話すような無礼《ぶれい》な振る舞いをするメイドではないですし、ジゼル様のご不興《ふきょう》を買うことを恐れていたのかもしれません」

ロイは、さらに話を続ける。

「彼女がこっそり見てくれたおかげで、裏付けになるような証言が得られて助かりましたよ。召してないと確信ができました。証言も書面に取っていますので安心してください。この証言も、ただのメイドよりも、侍女のほうが印象がいいですからね」

灯《あか》り消しに回るメイドは上級メイドではないが、仕事さえしっかりするなら身分は気にしなくても問題はない。フィリスに無礼《ぶれい》をせずに仕えられ、口も堅いなら問題はないだろう。

だが、侍女の仕事は早く覚えてもらう必要はある。

「明日、母上の宮から侍女を一人借りて来い。フィリスのためなら、母上も快く貸してくれるだろう。王宮侍女の仕事を教えてもらえ」

「かしこまりました。では、失礼いたします。必ずお茶をしに行ってくださいね」

「わかったから、もう休め」

そう言って、しつこいロイを下がらせた。

何で夜に、わざわざコンサバトリーにお茶を準備するのだと思いながら、そこに行く。そこには、フィリスがソファーにもたれて眠っていた。

フィリスの前で一瞬固まってしまう。そして、雷に打たれたような衝撃が走る。

なぜこんなところに⁉　……一体これをどうしろと⁉

そう思ったが、犯人はすぐにわかった。

腹黒ロイだ‼　だから奴は頻《しき》りにお茶を勧《すす》めてきたのだ！　寝ているフィリスをどうする気だったのか！

あれほど余計なことをするなと言ったのに、聞いていないのか⁉

頭のなかで絶叫したあと、ため息が洩《も》れた。フィリスの手から落ちたであろう本をそっと拾い上げ、テーブルに置く。

そのとき、テーブルの上の薬包に気づいた。何の薬かはわからないが、飲んでいないようだ。

フィリスは、どこか具合でも悪かったのだろうかと心配になる。

「フィリス、起きろ。ここで寝ると風邪をひくぞ」

彼女に声をかけるが、全く起きない。しかしこんなところで寝させるわけにはいかない。

俺はスヤスヤと心地よさそうに眠るフィリスを抱き上げ、彼女の部屋に連れて行った。

その間も彼女は目を覚まそうとしない。

フィリスの部屋の扉を開けると、少し寒さを感じる。なぜか窓が開いており、暖炉に火がついていない。

今夜の一連の流れはロイに仕組まれているような気がする。

いや、間違いなく仕組んでいる！

なぜ、お膳立てされねばいけないのか、とロイを問い詰めたい！

またため息が出た。

腕に抱いているフィリスにふたたび声をかけるが起きず、服を握られてしまった。

この寒い部屋で、寝かせれば風邪をひいてしまう。

仕方なく自分の部屋に連れて行くことにした。

しかし、どうして俺は、フィリスを抱きかかえて宮の廊下を行ったり来たりしているのだろうか……

そんなことが脳裏《のうり》をかすめる。

そして、俺のベッドに彼女をそっと寝かせる。やはり全く起きる気配はなかった。

ベッドサイドに腰を下ろし、小さな寝息を立てるフィリスの頭を撫《な》でる。

可愛いと思った。小さな顔に小さな白い手は、人形のように可愛らしい。顔の横にある白い手に触《ふ》れると、この華奢《きゃしゃ》な手に二度も救われたのかと胸が熱くなる。

だが、俺はフィリスに好かれているわけではない。

掴まれている手をそっと離して、気持ち良さそうに寝ている彼女に毛布をかけた。このまま起きない気がするし、俺が、同じ部屋で寝るわけにはいかない。

別の部屋を準備してもらおうと、サーバントベルの紐を何度も引っ張るが誰も来ない。

一体ロイは何を期待しているんだ。寝ているフィリスに手を出すわけがないだろう！

結局、俺は誰も使っていなかった続き部屋で寝ることになった。


翌朝。

毎朝使用人が暖炉の薪《まき》を持って来る。だが、フィリスの寝姿を見せるわけにはいかない。

いつもより早めに起床し、続き部屋から寝室に戻った。

天蓋のカーテンから覗《のぞ》くと、フィリスはまだよく眠っている。

どうしたものかとベッドサイドに座って考えていると、使用人が薪《まき》の補充《ほじゅう》をしにやって来た。

しかし、いつもの使用人ではなくメイドだった。彼女はフィリスに気づき、驚いて立ち止まる。

「俺の部屋の担当は変わったのか？」

「も、申し訳ありません。今日は私が行くように言われまして……」

「……ロイにか？　あいつは何をしている？」

「はい。ロイ様は朝食の確認をしています」

ロイは俺がフィリスを部屋に連れて来ると確信していたのだろう。やはりあいつは腹黒だと言いたくなる。

「薪《まき》をそこに置いてすぐに出なさい」

メイドは頭を下げ、見てはいけないものを見てしまったように慌《あわ》てて出て行った。

きっと俺がフィリスを召したと勘違いしただろう。この話が広まれば、使用人たちは、間違いなく俺がフィリスを正式に娶《めと》るのだと思うに違いない。そもそも、フィリスは夜伽《よとぎ》のために宮に来たんじゃない。

フィリスには縁談はもう勧《すす》めないにしても、ルイン王国からフィリスの好いた男を呼ぶこともできなくなってしまった。

俺のお手付きになったと思われている娘を、別の男に改めて嫁《とつ》がせようものなら、俺はルイン王国の王女を好き勝手にして捨てた王太子だ。

俺の評判が下がるのはもちろんのこと、ルイン王国との国交にも問題が生じるだろう。さらに、フィリスに結婚を無理《むりじ》強いすることはできなくて、彼女の好いた男を呼び寄せる考えを捨てきれずにいたこのタイミングで、こんな勘違いをされてしまうとは。

俺のお手付きになった娘だと、フィリスには誰も近づかなくなるだろう。

事実は、まだ召してない。しかし、周りはもうそうは思わない。

もう彼女をこの宮から出すことが難しくなってしまった。

――ロイはこれが狙いだったのだろうか。俺とフィリスの既成事実を作ってしまい、ジゼルを召していないことを公表すれば、正妃の座はフィリスのものになる。

ロイはジゼルをひどく厭《いと》っているようだったから、そこまで考えていてもおかしくない。

頭痛を感じて、俺はこめかみを揉むことしかできなかった。

そして、ロイに説教することになった。

◆

すごく良く眠れた気がする。私がうっすらと目を開けると日が差しており、もう朝だと実感する。

夜に飲んだハーブティーはとっても美味《おい》しかった。

温かくて、リラックス効果のあるものだったのかしら？

そういえば、ハーブティーを飲みながら本を少し読んで、結局薬は飲まなかった。ずっと不眠が続いていたけれど、やっとぐっすりと眠れた。

私は充分な睡眠に満足して……違和感に気づいた。

……一体誰が私をベッドに？

だんだんおかしいと思えてきた。このベッドは私の部屋のものじゃない。

起き上がろうと、少し体を起こしたところで固まってしまった。

ベッドサイドに背の高い人が座っている。ちょっとびっくりした。項垂《うなだ》れて座っているのはレックス様だった。

「レ、レックス様？」

慌《あわ》てて左右を見回すと、ここがレックス様の部屋だと気づいた。

「……先に言っておくが、何もしてないからな」

キョロキョロと挙動不審《きょどうふしん》な私に、レックス様は下を向いたまま静かに言った。

「こ、ここはレックス様のベッドですよね？　私は、どうして……」

「コンサバトリーで寝ていたから連れて来た。お前の部屋は火が消えていて寒かったからな。俺は隣の続き部屋で眠ったから、安心しろ」

まさか、レックス様のベッドを取ってしまうとは!?　しかもこのベッドは……!?

私が慌《あわ》てて降りようとするが、そのまま腕を掴まれてしまった。

「……す、すみません！　すぐに出て行きます！」

このベッドはレックス様とジゼル様が寝ていたベッドだ。そんなベッドにいたくなかった。

「もう少しここにいろ」

彼はそう言って、私の腕を掴む手に力を込める。

「は、離してください。ベッドから降ります！」

私は必死に頼むけれど、レックス様は解放してくれず、眉間《みけん》に皺《しわ》を寄せて聞いてくる。

「あの薬はなんだ？」

「あれは、ここへ来てからずっとよく眠れなくて、ロイが持って来てくれたのです。でも、昨日は飲まずによく眠れましたから！」

「不眠だったのか……気づかなくて悪かった」

「もう大丈夫です。よく眠れましたから……。それよりこのベッドから降りたいのです」

「さっきも言ったが何もしてないぞ」

「そういうことではなくてですね！」

ジゼル様と同じベッドが嫌なのです！

そう心のなかで叫んでレックス様の腕を振り払おうとするが、力で敵《かな》うわけがない。

「どうして、逃げようとする？」

「……ここはジゼル様とレックス様が寝ていたベッドです」

レックス様はやっと手を離したと思うと、ハァーーッと深いため息をついた。

「信じてもらえないかもしれんが、俺は一度たりともジゼルを召したことや、このベッドに入れたことはない。寝るときはいつも一人だ」

私にとって衝撃の事実だった。

あんなにジゼル様を気にしていたのに？　ジゼル様は美人だし、なかなかの体つきでしたよ。私より百倍は色気があります！

「信じてくれるか？」

レックス様が嘘を言っているようには見えない。それくらい真剣だった。

「……信じます。それなら、私がここで寝て良かったのですか？　ジゼル様がなんとおっしゃるか……」

「ジゼルのことはもういいんだ」

「いなくて寂しかったのですか？」

「……寂しい？」

顎《あご》に手を添えてレックス様は、考えている。

「寂しくはないな」

そして、フッと顔を上げて、今初めて気づいたようにそう言った。

お二人に何かがあったのだとは思うけれど、やはりどこまで聞いていいのかわからない。

「ジゼルのことはフィリスに一番に報告する。ハッキリと決まれば伝えよう」

「……わかりました」

レックス様は私を見つめながら、頭を撫《な》でた。その雰囲気はどこか柔らかい。

そして、朝からさりげなく見つめないでください。照れるのですよ。

「部屋まで送ろう。朝食も一緒にとらないか？」

「本当ですか？」

朝食を一緒にしてくれることが嬉しくて、思わず口元が緩んだ。

「本当だ。ゆっくり支度《したく》をしなさい」

「レックス様のベッドを取ってしまってすみません」

「気にしなくていい」

そう言いながら、終始優しく、部屋まで送り届けてくれた。

侍女と一緒に服を選んでいると、ロイと一人の若い女性がやって来た。

「フィリス様、失礼いたします。こちらフィリス様の新しい侍女、サラでございます。まだ侍女としては見習いでありますが、ご支度《したく》などお手伝いをさせていただきます。どうぞよろしくお願いいたします」

「ロイ、ありがとうございます。初めまして、サラ。これからどうぞよろしくお願いします」

ロイが言うには、ジゼル様の侍女ではないらしく、私は少しだけ安堵《あんど》してしまった。

紹介を受けてサラに微笑むと、彼女は元気に答える。

「はい、よろしくお願いします！　私は侍女見習いですので、いたらない点もあるかと思いますが、精一杯頑張ります」

侍女の仕事は、これから少しずつ覚えればいい。元気で、健気に頑張ろうとしているサラの様子は微笑ましく、好感が持てる。

今日着る服をお願いし、サラに手伝ってもらいながら支度《したく》をする。

初めての侍女仕事に緊張しながらも、サラは嫌な顔一つしない。前の侍女のような態度で世話をされないことがどれだけ嬉しいかとしみじみ思ってしまった。

朝食はコンサバトリーに用意しているらしく、サラは「お供いたします」と案内もしてくれた。

そこへ行くとなかで、なんだかレックス様がロイを叱責《しっせき》しているようだった。

レックス様は新聞片手にロイを睨《にら》み、ロイは叱《しか》られても聞き流している感じだ。

あの怖い顔にひるまないロイは大物かもしれない。

「サラ、ロイはどうしたのでしょう」

「さ、さぁ？　私にはわかりかねます……」

サラは心当たりがありそうだけれど、ごまかしている様子で言う。

そんなふうにサラと話していると、コンサバトリーのなかからレックス様とロイが私に気づく。

「フィリス様、こちらにどうぞ」

ロイは、そう言いながら執事らしく扉を開けてくれた。

なかに入り、レックス様と朝食を始める。私が来るのを待っていてくれたようで、彼はまだ手をつけてなかった。

穏やかな時間が流れるなか、彼が口を開《ひら》いた。

「フィリス、街に出掛ける前に少しだけ用事を済ませたい。終わり次第、迎えに行くから部屋で待っていてくれ」

「お忙しいようでしたら、遠慮いたしますが……」

「気にするな。買い物ぐらいしたいだろう。俺のことは心配せずに、好きなことでもしながら待っていなさい」

改めて彼の優しさを感じ、私は素直に頷《うなず》く。

朝食を終えると、レックス様はロイを連れて城の執務室に行ってしまった。

私が部屋に戻って読書をしていると、お昼過ぎに、レックス様は迎えに来てくれた。

もちろん、いつ来られてもいいように、お出掛けの支度《したく》はできている。

「フィリス、遅くなってすまない。すぐに出掛けよう」

レックス様はそう言って、一緒に馬車に乗ると、あっという間に街についた。

ガイラルディア王国の街は活気に溢れており、色々な店が並んでいた。店の前には屋台が出ているところもあり、いたるところから、いい匂いがする。

「レックス様、屋台がたくさん出ています。お祭りでもあるのですか？」

「昼どきは、どうしても店が混雑してしまうからな。それを解消するために時間をもうけて、屋台の許可を出している。そうすれば食べ物を持ち帰ることができるからな」

私はレックス様の話を興味深く聞きながら、あたりを見回す。

人がすごく多い。たくましい男性方が、屋台でそれぞれ昼食を求めていた。

「腹が減ったな。フィリスも何か食べるか？　それともレストランにでも行くか？」

「屋台のものを食べてみたいです」

このいい匂いに、すごく食欲をそそられていた。

それにこのにぎやかな街の雰囲気が何となく懐かしい。ルイン王国にいたときに、教会の帰りにこっそりサイラスとアイスクリームを食べていたことを思い出した。

「何だか懐かしいです。私の護衛にサイラスという聖騎士《せいきし》がいたのですが、二人でよく、こっそりとアイスクリームを食べて帰っていました」

「……なら後でアイスも買ってやろう」

「はい。とても嬉しいです」

一瞬レックス様の表情が曇ったように見えたけれど、すぐに元に戻った。

そして、彼は手慣れた様子で、屋台でホットドッグというものを買ってくれた。

ソーセージを細長いパンで挟んだそれは、見るからに美味《お》《い》しそうだった。

私は辛子《からし》のないもの、レックス様は辛子《からし》たっぷりのものだ。

「レックス様のは、とても辛《から》そうですね」

「そうか？　これくらい普通だ」

そう答える彼には絶対に好き嫌いがなさそう。何を食べても美味《お》《い》しいというタイプかしら。

ホットドッグを両手で受け取ったまま、レックス様を見上げる。すると唐突に彼は声を低くして、お出掛け用のローブのフードを被せてきた。

「……向こうで座って食べよう。ここは男が多い」

そのまま、肩に手を回され、噴水の前のベンチに連れて行かれた。

恥ずかしくなりながらもレックス様の隣に腰を落ち着ける。椅子と違いベンチだから本当に彼と距離が近い。

それに、王子なのに堂々としてるなぁ、と思う。

愛想はなくとも顔が整っているから、売り子さんが赤くなりながらチラチラ見ていたのに、レックス様は気にも留めない。

「レックス様は、王子だとバレないのですか？」

「髪を下ろしていると意外とバレない。王族として民衆の前に出るときは正装で、髪も上げていることが多く、戦《いくさ》で二年間はあまり顔を出す機会がなかったからな。平民は俺の顔がはっきりとわからないのだろう」

彼はそう答えて、辛子《からし》たっぷりのホットドッグを思い切り頬張《ほおば》る。

「フィリスも、食べなさい」

「はい。いただきます」

初めて食べるものはワクワクする。

それにここでは、私がルイン王国の王女だとは誰も気づかないだろう。

だから周りの目を気にすることなく、ホットドッグを齧《かじ》った。

「……美味《おい》しい」

ジューシーなソーセージと、ふわふわのパンがとてもマッチしている。

なくなってしまうのが惜《お》しくて、一口一口しっかりと噛みしめる。

私はまた街をキョロキョロと眺めた。

「それにしても、人が多いですね」

「向こうの区画に、平民が住める住宅地を建設しているんだ。街に人が増えて住むところがないと、浮浪者が増えるからな。浮浪者が増えると治安が悪くなる」

「それで、作業をするたくましい男性方が多いのですね」

そんなたわいもない話をしながら、ホットドッグを食べ進める。

そして、ふと思った。

噴水の前のベンチに並んで昼食をとる私たちの姿は、もしかしてデートをしているように見えるのだろうか。そうだとすると、今さらながら、これは私にとって初デートだと気づいてしまった。

気づいてしまうと恥ずかしくなり、チラリとレックス様を見る。彼は、周りを気にするように視線を動かしていた。

「どうされました？」

「いらないと言ったのに、護衛がいる」

どこに⁉　護衛たちは街に溶け込んでいて、私には全くわからない。

「せっかく二人きりでしたのに、ちょっとだけ残念です。でも、仕方ないですね」

いくら周りから気づかれないとしても、やっぱり二人きりは無理なのだろう。

私は諦め気味だったけれど、レックス様は違った。

「撒《ま》くか？」

「えぇっ！　無理だと思います。私は足が遅いですし、さすがに護衛には敵《かな》いません」

「大丈夫だ」

「えっ⁉」

いきなり私を持ち上げるように縦抱きにすると、レックス様は走り出した。

私はわけもわからずに、レックス様にしがみつく。彼はまるで逃げ道を知っているかのように、路地に入って走り続ける。

「レックス様⁉」

「もうすぐで撒《ま》けるぞ」

表情を崩さずに走り出したかと思うと、一瞬だけほころんだ顔が見えた。そのまま息も切らさずに走るレックス様。

路地は一直線じゃない。右へ左へとめまぐるしく景色が変わって私は、目が回りそう。

こんな勢いで走って、迷わないいんですか？　と突っ込む余裕もないくらい、レックス様はまだまだ走る。

そして、護衛を撒《ま》いたと確信したレックス様はやっと止まった。しかも、呼吸が乱れていることもない。

「やっと撒《ま》けたな。あいつらも意外としつこいものだな」

「あ、あの、レックス様！　そろそろ下ろしていただけると……」

この状態のままだと、目の前にレックス様の顔があり、私には刺激的すぎる。

「……下りたいのか？」

抱き上げられているせいで、レックス様が私を見上げる。目を細め見つめないで欲しい。

「そ、そんな気がします」

「そうか……」

こんなに顔が近いと照れてしまう。残念そうにそっと下ろすものだから、私は目を逸《そ》らした。

その視線の先には、貴族たちが歩いているのが見えた。

「ここは貴族街ですか？」

「ああ、どうせ護衛もすぐに探し出すだろうが、少し二人で歩くか？」

レックス様はそう言って、手を差し出す。

「はい！」

レックス様と手を繋いで一緒に歩けるなんて、夢みたいだった。

逃げてきた路地から歩道に出ると、貴族らしき方々が多い。

さっきとはまた違う落ち着いた雰囲気の高級そうな店が立ち並んでいた。

おそらく、貴族御用達《ごようたし》のお店なのだろう。

そして、歩いていると石鹸《せっけん》専門店のショーウィンドウが目に留まった。

いい香りがしそうな色とりどりの石鹸《せっけん》に見惚《みと》れてしまう。

「石鹸《せっけん》を買いに行くか？　ここは王家御用達《ごようたし》の石鹸《せっけん》の専門店だ」

その店に入ると、すぐに店主がレックス様に気づき、挨拶《あいさつ》をする。

レックス様は、私たちが宮から来たとバレないように「忍びで来ている」とこっそり話した。

「フィリス、好きなものを遠慮なく選びなさい」

「買ってもよいのですか？」

「何でも買ってやると言っただろう」

こんなにもたくさんのなかから遠慮なく選びなさいと言われても、迷ってしまう。

石鹸《せっけん》にヘアオイルに香油まで色々な種類があり、それはどれも一級品だ。匂いも良くて、色も形も色々あり可愛い。悩みながらも夢中になってしまう。迷いに迷って、気に入ったものをようやく選ぶと、レックス様は店主に話しかけいる。

「月に一度、フィリス用として今回と同じものを宮に届けてくれ。新商品があればそれも届けてくれ」

「かしこまりました」

店主は平然と頭を下げているが、私は驚いてレックス様を見た。

「毎月届けてくださるのですか？」

「消耗品だから、なくなったら困るだろう。気に入れば、それをフィリス用にすればいい」

今夜の湯浴《ゆあ》みが、とっても楽しみになってきた。

「レックス様、ありがとうございます」

ほくほくとした気持ちで、店を出る。

「あとはゆっくりアフタヌーンティーでもして帰るか？」

どうやら、王室専用の部屋が完備されたレストランがあるようで、そこに連れて行ってくれるらしい。

そこは、石鹸《せっけん》の店から近いようで、また二人で歩く。

そのとき、私は見てはいけないものを見てしまった。

ジゼル様が男性と歩いているのだ。ジゼル様は後ろ姿で、私たちには気づかない。

二人はどんどん人気《ひとけ》のないほうに向かっていく。

……なぜ、ジゼル様は男の方と歩いているのでしょう。

しかも、どんどん人気《ひとけ》のない方に向かっています！

いや、でもジゼル様のお隣りに男の方なんているわけがない！

……きっとご兄弟かご親戚の方なのでしょう！

私が挙動《きょどう》不《ふ》審《しん》なのに気づいたのか、レックス様に顔を覗《のぞ》き込まれる。

「フィリス、どうかしたか？」

「レ、レックス様、見てはいけません！」

レックス様がショックを受けてはいけないと思い、ジゼル様を見ないように彼を突き飛ばそうとする。だが押してもビクともしない。むしろ私がはじかれそうだった。

そして、レックス様は、その目にしっかりとジゼル様たちを捉《とら》えてしまった。

「……あれは、ジゼルか？」

「大丈夫です。きっとご兄弟か親戚の方でしょう。レックス様が落ち込むことはありません！」

「ジゼルに兄弟はいないぞ。それに、あんな年の近い親戚もいない」

「えぇ!?　では、あれは一体誰ですか？　……それに、ショックではないのですか？」

「別に……」

「ジゼル様が男の方と一緒でしたよ？」

「そうだな」

ジゼル様を見ながら淡々と話すレックス様に、違和感を覚える。

どうしてショックを受けないのだろうか？　これが大人の余裕なのでしょうか。

レックス様を突き飛ばせずに、気がつけばレックス様に腕を掴まれている。

一人驚きを隠せない私と違い、レックス様は落ち着いたまま話した。

「フィリス、俺と結婚しないか？」

「結婚するために来たと前も言いましたよ……」

「……今断れば、好いた男と結婚させてやるぞ」

また突拍子のないことを言い出したレックス様に、私はかぶりを振る。

「そんな方はいません」

「あの聖騎士《せいきし》が好いた男ではないのか？　たしか名前をサイラスとかいう……」

「私とサイラスは幼馴染で、大切な友達です。それに」

「だが、好きなら……」

レックス様は、私の言葉を最後まで聞かずにそう言う。

どうしてサイラスを私の恋人だと勘違いしているのかわからない。

だってサイラスには……

「レックス様、どうしてサイラスが私の好いた男になっているのかわかりませんが、サイラスにはミアという恋人がいますよ」

そう言うと、落ち着いた様子のレックス様は目を見開き、そのまま固まってしまった。

そして、ひきつった。レックス様のそんな表情を初めて見た。

レックス様は表情を引きつらせたまま「個室で話そう」と言って、レストランに入った。

王室専用の個室ではテーブルにアフタヌーンティーがすぐに準備され、レックス様は人払いをする。彼は椅子を寄せて私の真正面に座った。間にテーブルも何もないので、近い。

「サ、サイラスという聖騎士《せいきし》は恋人がいるのか？」

「はい。もうすぐ婚約するのではないでしょうか。私は彼の恋人のミアとも仲の良い友人です」

「そ、そうか。サイラスとお前はとても親しそうに見えたが……。フィルと呼ばれていただろう」

こんなに混乱しているレックス様は初めて見た。

レックス様の発言に、私は息をのむ。

「……どうして知っているのですか？　それにフィルというのは、私が聖女の務めをするときに使っていた偽名です」

特に負傷者の治癒に聖女たちとまわるとき、私が王女だとわかって負傷者の方が気を遣わないようにと身分を隠していた。

その偽名をレックス様が知っている意味がわからず、混乱する。

彼は、少しそっぽを向いたまま再び口を開いた。

「以前お前に会ったことがある」

「記憶にございませんが……、どなたかとお間違えではないでしょうか？」

レックス様と会っていたなら忘れるわけがない。今は優しいけど顔だって怖いし、ガイラルディア王国の王子なんて、覚えているに決まっている。

だが、彼はキッパリと断言する。

「間違いない、フィリスだった」

「でも、私はお会いしたことはないと思うのですけれど……」

「俺は顔を隠していた」

「……なぜ？」

顔を隠したレックス様とお会いしたことがあるかしら？　そして、なぜ顔を隠す必要が？

……顔を隠した、ガイラルディア王国の方？

そのような方とお会いしたのは、あの砦《とりで》で会ったあの方一人だけ。

「……まさか、あの万年筆をくださった？」

「あのとき俺に癒しをかけてくれたのは、フィリス。お前で間違いない」

頭を殴られたような衝撃だった。

あの万年筆の方は、私が叱《しか》られてしまうことを気にするような優しい方だった。

いえ、今のレックス様は優しいけれど！　確かに声は似ているけれど！

「ど、どうして言ってくださらなかったのですか!?　私はずっとお礼が言いたかったし、もう一度お会いしたかったのです！」

レックス様に似ているとは思ったけれど、まさか本人だとは思わなかった。

動揺《どうよう》する私を見て、レックス様は自嘲《じちょう》するように口の端を吊り上げる。

「フィリスにとっては、大《たい》したことはない出来事だと思った」

「そんなことありません。私は気になっていたのです！　もう一度会いたくて……」

「あのとき、フィリスをあの聖騎士《せいきし》が呼びに来たから、お前の恋人かと思っていた。とても親しそうに見えたから……」

「サイラスは友達だから、親しいのは当然です！」

そう勘違いをしていたから、レックス様は私の好いた男性を呼び寄せようとずっと言っていたのか。

まさかサイラスを呼ぼうと思っていたなんて！

自慢じゃないけど、サイラスに恋愛感情なんて全く抱《いだ》いたことなんかない！

「レックス様は、ずっと勘違いをされていたのですね？　私に最初、冷たく当たったのは……」

「フィリスを俺と結婚させるのは、あまりにも可哀想《かわいそう》だと思った。お前はまだ若いし、第二妃だし、サイラスという恋人がいるのにと思っていた。もしや、身分違いで結婚できないのかと……」

レックス様はさらに続ける。

「本当はお前に嫌われて、俺と結婚する前に、宮から出してやろうと思っていた。他の良い縁談を探したほうが、第二妃になるよりは良いと思っていたし……できれば父上も説得して、身分違いのサイラスとガイラルディア王国で結婚させてやるつもりだった。ガイラルディア王国でなら、俺が後見人になり、一生庇護してやろうかと……」

見たことないほど、項垂《うなだ》れたまま話すレックス様に開《あ》いた口が塞がらない。

一体どんな壮大な勘違いを繰り広げていたのだろうか。

何だかレックス様が一人で空回りしていたのでは？　とさえ思える。それくらいサイラスとのことを勘違いしていたのは私の予想外だった。

「フィリス、冷たくして悪かった」

手を握ってきたレックス様からは、緊張が伝わってくる。

彼の手の強張《こわば》りから、私に対して申し訳なく思っていると感じてしまう。

「フィリス、俺と結婚してほしい。どうか妃《きさき》となってほしい」

「……ジゼル様は？」

「まだ正式に決まったわけではないが……ジゼルとは別れる。婚約破棄する予定だ。詳細は必ず伝える」

……別れる？

どうしてかわからないけど、レックス様が嘘を言っているようには見えない。

それに、さっきジゼル様と一緒だった男性も気になる。

「冷たくした詫びもしたい。何でも言ってくれ」

レックス様は縋《すが》るような眼差《まなざ》しでそう言ってくれるけれど、私の頭はごちゃごちゃだ。

そして、レックス様がサイラスを私の恋人だと勘違いしていたこと、ジゼル様の隣にいたあの男性。

レックス様の先ほどの言葉は、形だけの結婚ではないということだろうか。

頭がごちゃごちゃしてきた。

あぁ、何だか甘いものが欲しい！　頭を冷やしたい！

「ア、アイスクリームを買ってくださいい。一緒に食べてくれますか？」

「もちろんだ。店ごと買ってやろうか？」

「いえ、普通に一つで……」

何を言っているんでしょうか？　店なんかいりません。

レックス様はすぐにアイスクリームを頼んでくれ、隣に座ったまま食べた。

「次は、外でアイスを食べるか？」

「はい、噴水の前でまた食べましょう」

ジゼル様のことは気になるけれど、万年筆の方がレックス様だとわかって、嬉しい気持ちのほうが今は大きい。

もう一度会いたかった方と会えて良かったと思う気持ちが膨らんで、私は冷たく甘いアイスクリームをふたたび堪能《たんのう》した。

◇◆◇　閑話　信じて待たなかった結末

私――ジゼル・アウラは、レックス様に実家に帰された。焦《あせ》り、落ち着かない時間が過ぎるなか、彼との出会いから、今日までのことが思い出される。

レックス様とは戦《いくさ》が始まる前に王妃様主催の夜会でお会いした。整った顔に背の高いレックス様の外見は完璧だった。令嬢たちみんなが見惚《みと》れる。

でも、全く笑うことのない冷たい雰囲気の彼は誰もが近寄りがたく思っていた。

レックス様の迫力に圧倒されて周りの令嬢たちが、引き気味に挨拶《あいさつ》をするなか、私は目に留まるようにと堂々と挨拶《あいさつ》をした。

レックス様は戦闘に長《た》けている方だけれど、会話をして無骨《ぶこつ》な方ではないとすぐにわかった。私はあっという間にレックス様に惹かれてしまった。そして、親の後押しもありお付き合いをした。

レックス様が父に好感をもたれていたことに感謝すらした。レックス様は両陛下から早く結婚相手を決めろと急《せ》かされていたようで、ちょうどそのとき交流のあった私と交際を決めたみたいだった。

伯爵令嬢が王太子の恋人になれるなんて、滅多にない。

私には夢のようで、周囲に吹聴《ふいちょう》して回った。

しかし、お付き合いを始めても全く進展はなかった。

レックス様に『お慕《した》いしています』と幾度《いくど》となく伝えても、『そうか……』と振り向きもせずに言うだけ。私に、好きだとも、愛してるとも囁《ささや》いてくれない。

でも、レックス様は軽薄な男ではないからだろうとしか思わなかった。

さらに、その後すぐにルイン王国との戦《いくさ》が始まってしまい、彼は戦場へ向かうこととなる。

『レックス様、お帰りをお待ちしています』

『ジゼルに良い相手がいれば、俺を気にすることはない』

そう言って、彼は戦《いくさ》に行ってしまった。

直接会えないけれど、レックス様からはたまに手紙が届いていた。だから、何と言おうと彼が帰って来るまで待とうと決めて、周りにもレックス様の恋人だと言い続けていた。

最初は、ルイン王国との辺境の領地争いのみで、すぐに終わると思っていた。

しかし予想に反して戦《いくさ》は長引き、一年も続いた。

そのうえ戦《いくさ》が終わった後もさらに一年は後始末に追われたようで、結局レックス様は二年も帰らなかった。

私はだんだんと、レックス様はもう帰って来ないと思い始め、他の相手を探そうとした。

だが、私が吹聴《ふいちょう》したため、私には縁談が来ないどころか、相手にしてくれる殿方すらいなくなっていた。レックス様のお相手だから、と周りは手が出せなくなっていたのだ。

公爵家などの高位の家はもちろん、城の役人をしている爵位持ちの貴族は、私に縁談を持ちかけるとレックス様と揉めるのではと考えていた。

かといって、レックス様とは婚約をしていないから、私を妃扱《きさき》いする者もいなかった。

高位の貴族にとって、私は取り入る価値もなかったのだろう。そうなれば、私は王太子のお手付きになっただけの、ただの伯爵令嬢だ。それどころか、実際はまだお手付きにもなってない。

どうして私はレックス様とのことを吹聴《ふいちょう》してしまったのか。

このときは、後悔ばかりだった。

そのときから、レックス様に手紙の返事を出すのをやめた。そうすれば、私に何かあったのではと思って彼が帰って来てくれると思ったから。

でも、彼にそんな駆け引きは効かなかった。

そのうち手紙は届かなくなり、私から手紙を出していいのかすらわからなくなっていた。

その頃、私は夜会に出づらくなり、次第に裏カジノにはまっていった。賭け事は好きではないが、とにかく憂《う》さを晴らしたくて通っていた。

そこで、私の相手をしたのは、ガスパー男爵の嫡男《ちゃくなん》であるジェフリーだけだった。レックス様と出会う以前に、付き合っていた男だ。別れてからあまり会っていなかったが、偶然カジノで再会したのだった。

ジェフリーは賭け事が好きで、顔もまあまあ良かった。私たちがふたたび深い仲になるのに、さほど時間はかからなかった。ただ、下級貴族である男爵位の息子なんて、とてもじゃないが婚約できなかった。

そしてあれから二年後、レックス様が帰って来た。

レックス様が私に会いに来てくれたとき、私はジェフリーと婚約をしてなかった。

だから、ジェフリーとのことはなかったことにした。

レックス様に何か聞かれたときには、ジェフリーは昔の恋人だけれど、もうきっぱりと別れて今はただの友人だと言うことにした。でも、レックス様から何も聞いてくることはなかったから、運良く知られていないと安心していた。

『レックス様、やっと会いに来てくれたのですね。ずっと、お帰りをお待ちしておりました』

そう伝えると、彼は申し訳なさそうにしていた。

『婚約の儀はすぐにはできないが、婚約者として宮に迎えよう』

彼がそう言ってくれたとき、やっとチャンスが来たと確信した。

高位貴族どころではない。

将来は、王妃になれるのだ。

宮に入ってからも、戦前と変わらずレックス様は優しかった。浮気をするような方でも、よその国のように妾《めかけ》を囲《かこ》う方ではない。私だけのものだと有頂天《うちょうてん》になっていた。

でも、それはすぐに崩れた。

レックス様が、第二妃を娶《めと》ることが決まったのだ。

この幸せを邪魔するのかと、どうしても納得がいかず、レックス様の前で大泣きした。

『私たちの婚約の儀さえ終わっておりません。それなのにルイン王国の王女なんて来たら、私はどうなるのですか』

『彼女とは、同盟のためだけの結婚だ』

『同盟なんてやめてください！　レックス様は私が好きなのではないのですか⁉』

レックス様は、仕方がないというように私との婚約の儀を早めると決めてくださった。

この婚約の儀が終われば、国中に私が次期正妃だと発表され、支度金《したくきん》も支払われる。婚約の儀が早まるならルイン王国の王女を迎えることに異はなくなった。

レックス様も、同盟締結のための結婚だと言ったから、彼女を少しずつ宮の隅《すみ》にでも追いやればいいと思っていた。

でも、ルイン王国の王女を迎えるために、だんだんと彼は忙しくなった。

彼を筆頭に、城中の大勢の人間が慌《あわ》ただしく動くことに苛立《いらだ》つ。まだ婚約の儀をしてないとはいえ、私が宮に来たときは、こんなに人員は動かなかった。

私とは明らかに違う待遇に不満が募《つの》る。会ったことのないルイン王国の王女が、もうすでに嫌でたまらなかった。

そして私は、ふたたびジェフリーと隠れて会うようになった。

ある日、レックス様とお茶をいただこうと書斎に誘いに行くと、彼はたまたまいなかった。

すぐに戻るだろうと思い待っていると、机の引き出しが少し開いているのに気づいた。

重要書類は城の執務室にあり、宮にはない。

彼はすぐに戻るから、こんな雑なしまい方をしたのだろう。

でもなんとなくレックス様が何を見ていたのか気にはなる。

本当に、ただの興味本位だった。

こっそり引き出しを開《あ》ける。なかには、一枚の釣書《つりがき》——ルイン王国の王女の絵姿のあるものが入っていた。

それだけだったのに、私にはとても許せるものではなかった。

それを開いたまま愕然《がくぜn》としてしまう。

先日レックス様に『どのような方ですか？』と釣書《つりがき》のことを尋ねたときは、見ずに捨てたと言っていた。

それなのに、こんなところに隠しているなんて！

若く愛らしい王女の絵姿に怒《いか》りと焦《あせ》りが湧いてくる。

この娘が、私からレックス様を盗《と》る女だと。

レックス様を奪い、この優雅《ゆうが》な宮から私を追い出す女にしか見えなくなった。

もう、レックス様があの女のために動くことさえ許せなかった。

でも、レックス様に嫌われるわけにはいかない。彼はとても実直な性格だ。嫌がらせをするような女は受け入れてもらえない。だから、彼に気づかれないように、この女を少しずつ宮の隅《すみ》に追いやるしかない。

どうすればそれが叶うかを考えていたとき、レックス様がルイン王国の王女の輿入《こしい》れの準備に手間取っていることを聞いた。ロイが出迎えの警備などで忙しく、宮を留守にしていたこともあり、相談相手がいなかったのだろう。

これはチャンスだと思って、私はレックス様に言った。

『レックス様、宮の管理は将来のためになります。お手伝いしますわ』

『ジゼル、助かる。女の日用品などわからないから、何がいいのか困っていた。母上の侍女に聞きに行こうと思ったのだが……』

『では、私が準備しますわ。私と同じもので大丈夫でしょう。どれもガイラルディア王国の最高級品です』

『そうだな……。彼女の好みはわからないし、最初は同じものにするか』

軽く悩みながらも、彼はホッとした表情を浮かべた。

……私と同じ日用品なんか出すわけがない。

どうして私と同じものをあんな娘に用意する必要があるのか！

内心ではそう思いながらも、私はその気持ちを押し隠して聞いた。

『あ、あと、レックス様！　侍女についてなのですが、私の侍女二人を彼女にお譲りします』

『そこまで、気を遣わなくなくていいぞ』

『いいえ、大丈夫ですわ。これも、いずれ正妃となる私の務めです』

私は微笑みながらそう言う。

こうして、私が彼女の日用品の準備をすることと、侍女を譲ることが決定した。

そして、私はすぐに伯爵家から連れて来ていた侍女のなかから、ルイン王国の王女につける者を二人選定した。

『リンジー、ジェナ。二人でルイン王国の王女の侍女をしてちょうだい。日用品の準備を任されたのだけれど、石鹸《せっけん》は使用人に支給されているもので大丈夫よ。もし欲しければ自分でなんとかするでしょう』

『私たちはジゼル様の味方ですから！』

彼女たちは私が言外《げんがい》に含んだ意図も理解したようで、力強くそう言ってくれた。

『ありがとう。あなたたちは王宮の侍女として、必ず召し抱えるわ』

『私たちが、王宮の侍女に！』

二人は、感激している様子だった。

……平民が、王宮の上級侍女になんてなれないことを全く知らないようだ。

ひどく喜ぶ二人に私はにっこりと笑った。

『もちろんよ。でも、レックス様があの娘に近づいたらどうしましょう……』

『それについては、大丈夫です！　任せてください。何かあればすぐにご報告いたします。私たちはジゼル様だけの味方ですから！』

憂《うれ》いを帯びた顔をすると、二人はますますやる気になった。

そうして二人を味方にし、ルインの王女を宮の隅《すみ》に追いやる準備は着々と進んでいった。

そして、ついにルイン王国の王女が来る日。

レックス様は、仕事に行くと言って彼女を迎えに行かなかった。

彼が行かないのに、私が勝手に陛下たちと迎えるわけにはいかない。本来なら彼女に私の立場をわからせるために、レックス様と並んで迎えたかった。これればかりは仕方がなかったけれど。

ルイン王国の王女と初めて会ったのは、彼女にとってガイラルディア王国での初日の晩餐《ばんさん》。

わざわざ来なくていいのに、図々《ずうずう》しくもあの娘は食堂にやって来た。料理が口に合わないのがすぐに表情に出ていて、せいせいし口元が緩みそうだった。

だが、レックス様は晩餐《ばんさん》の後、私にルイン王国の王女の呼び方を指摘してきた。

『……ジゼル、正妃はお前にする。しかし、フィリスはルイン王国の王女だ。呼ぶときには敬称をつけてくれ』

『正妃は第二妃よりも、立場は上ですよね？』

『まだ結婚はしていないだろ。彼女を客人だと思って、きちんと対応してくれ。妃《きさき》としての質を疑われるぞ』

なぜ私があんな娘を、わざわざ敬《うやま》わないといけないのか。腹立たしさと不安でいっぱいだった。

不安を感じていた理由は、他にもある。

レックス様は一度も寝所に召してくれない。月のものが来ていないことも気になる。

そして、負の連鎖はさらに重なる。

リンジーとジェナから驚きの報告があった。

『あの娘の荷物から、レックス殿下の万年筆が見つかりました！　以前殿下が持っていたのを見たことがあるので、間違いありません！』

どうしてレックス様のものを、あの娘が持っているのか!?

二人が逢い引きしているとしか思えなくなっていた。

私はリンジーとジェナにもっとやる気を出してもらうために、悲しげに言う。

『……リンジー、ジェナ。どうしましょう。あの娘は私を追い出す気かもしれません。あなたたちを王宮の侍女にしたかったのに……』

『そんなことさせません！』

『では、レックス様と二人で会っているのを見たら、すぐに教えてちょうだい』

『はい！』

リンジーたちはあの娘の世話はほとんどせず、湯浴《ゆあ》みさえ満足にさせなかった。

汚らしくなれば、レックス様が近づかないと思ったのだろう。

私が手を下せばレックス様に嫌われてしまうだろうから、あの娘のことは侍女たちに任せて私は近づかないことにした。

あの娘を迎えたことで、レックス様は宮にいる時間が少し増えた。

そのぶん私は、憂《う》さ晴らしにとジェフリーとの密会ができなくなっていた。

レックス様は贈り物を持って来てくれるなど、私を気にかけている様子で、あの娘に勝てた気がした。

しかし、その気持ちも一瞬。

彼女がこの宮にいると思うだけで無性《むしょう》に苛立《いらだ》つ。

数日後、わざわざ理由をつけて、彼女を西の森へ行かせた。

だが、レックス様は私が彼女に聖女の仕事を頼んだことを知ったとたん、私を振り切って森へと行ってしまった。あんなに血相を変えたレックス様は見たことがなかった。

そのあとも、突然レックス様はあの娘に菓子を買って来た。

また二人で逢い引きするのかと思うと、菓子一つ渡したくない。

阻止するために、私が代わりに渡すことを申し出て、レックス様から菓子を預かった。あんな娘に渡さなくて済むと、いい気分だった。

だがすぐに、そのことがバレた。

レックス様は、私を責めた。いくら婚約者でも、彼に逆らうとここにはいられない。嘘はつけなかった。

さらにあの娘の料理のことまでバレて、料理長まで呼び出された。

元々伯爵家の料理人だった料理長は、解雇されたあと、私に泣きついてきた。

『ジゼル様の指示通りにしたのに、どうして庇《かば》ってくださらないのですか⁉』

『私は、あの娘がこの国の味に慣れるように、香辛料《こうしんりょう》をしっかり足してあげてと言っただけよ』

『ですが侍女たちから、このままだとジゼル様が妃《きさき》になれず、私まで追い出されるとおっしゃりました。だから、私はあんな料理を！　ジゼル様もメニューを見て、これでいいとおっしゃったではないですか！』

『私は、料理のプロであるあなたに任せただけ。私の実家に帰りなさい。レックス様はあなたのことなんて、もう信用はしないわ』

そう言って、料理長を私の実家に戻した。

その日の私は、それどころではなかった。今日こそは、と思っていた月のものがまだ来ないのだ。

そのうえ、レックス様は一向に寝所に召してくれない。

懐妊しているとなると、許されることではない。

どうしたら、彼が寝所に召してくれるのか。焦《あせ》りと苛立《いらだ》ちで、ストレスは募《つの》るばかりだった。

せめて懐妊しているかだけでも調べるべきだと思い、父を理由に一度実家に帰ることにした。

レックス様は、実家まで送ってくださると嬉しいことを言ってくれたが、今回ばかりは来られては困る。懐妊が間違いなければ、どんな手を使ってでもレックス様に召していただかないと、私は宮にいられない。

そんなときに、侍女たちがあの娘に今までしていたことがレックス様にバレてしまった。

ますます私の立場は悪くなった。

私は、レックス様によってすぐに実家に帰らされることになり、このままではもう宮には入れない可能性が出てきた。

あの娘を追い出すつもりだったのに、どうしてこんなことに……！

でも、まだレックス様は別れるとは言わなかった。一縷《いちる》の望みにかけるしかない。

実家に帰る準備をしているときに、あの娘が近くまで来ようとしたが、話す気にはなれなかった。

私は一礼して、あの娘を遠ざけた。

これ以上揉め事を起こすと、レックス様はもう私を許しはしないだろう。

そして、実家に帰った私は、主治医にかなりの口止め料を掴ませ診察をしてもらった。

懐妊の可能性が高かった。この子は、間違いなくレックス様の御子ではない。

どうしたらいいのか……

私はとほうに暮れて、頭を抱えていた。

そのとき、宮から追い出されたリンジーとジェナが泣きながら私のところに来た。

『あなたたち、レックス様に知られるなんて、迂闊《うかつ》すぎるわ！』

こんな役立たずの侍女たちのせいで私は宮から追い出されたのに、なぜ私が取り計らう必要があるのか。

リンジーとジェナへの怒《いか》りを募《つの》らせた翌日、宮で働いていた私のメイドが急に実家にやって来た。

なんと、レックス様があの娘を寝所に召したと報告を受けたのだ。

私がいくら誘っても部屋に帰されたのに、あの娘は彼のベッドで寝ていたと。

『本当に？　あのレックス様が？』

『はい。レックス様はベッドサイドに座っていましたが、フィリス様は、間違いなくベッドで寝ていました』

その事実を聞いて、崖から落ちそうな気分になった。

そんな私を励まそうと、リンジーとジェナがやって来たが、顔を見るだけで不愉快《ふゆかい》になる。

『こうなったのは、一体誰のせいだと思っているの？　自分の意志で実家に帰るのと、レックス様に帰らされるのは違うのよ！』

彼女たちに怒《いか》りをぶつけると、二人は泣きながら飛び出して行った。

私のしたことは全て裏目に出た。

あの娘を追いやるつもりが、気がつけば私が宮から出され、さらにこのタイミングで懐妊してしまった。

そもそも、なぜ私はレックス様を信じて待たなかったのか。

あんな格下のジェフリーなんかと深い仲になったのか。

もう、取り返しがつかないところまで来ていると、今初めて気づいた。

きっと、レックス様は私との婚約を破棄するだろう。

私は自室のベッドに腰掛けて、ただ呆然《ぼうぜん》とすることしかできなかった。

◇◇◇

フィリスと街を楽しんでから、数日が経った。

俺はその日、両親と会っていた。

目の前に座った両親に、俺は話しかける。

「もう報告書はお読みになられましたか？」

俺は、ジゼルとの婚約を破棄するために、両親に報告書を提出していたのだ。

両親は、俺がジゼルと婚約することを伝えたときは、賛成も反対もしなかった。

ルイン王国との戦争で勝利を収めたこともあり、『ようやく結婚する気になったのなら』と言った。今思えば、俺がいつまでも身を固めないから、相手に条件を多く求めなかったのだろう。

母上はため息をつく。

「ジゼルは懐妊までしているとは……ただの浮気ではなかったのですね？」

「彼女を調べていたのですか？」

まるで懐妊以外の不貞《ふてい》は知っていたような口ぶりに少々驚いた。

そんな俺に、父上は呆《あき》れたように言う。

「もし知っていたとしても、お前は一度決めたことは曲げないであろう？」

「レックスが、ジゼルの不貞《ふてい》を気にするほど彼女を好いていたり、のめり込んだりすることはないと考えていました。実際にレックスは気づいてなかったようですし……。だから陛下と相談して、好きにさせていたのですがね」

母上も父上に同意するように頷《うなず》いている。

両親は以前からジゼルの身辺を調べていたに違いない。

母上は、そのまま続ける。

「ただ、懐妊となれば、話は違います。一刻も早くジゼルと話をつけなさい。これ以上婚約者として振る舞うことは許しません」

声を荒らげることはしないけれど、少なからず怒《いか》りはあるようだ。

「では婚約の儀などは全て白紙にするようお願いします。ご迷惑をおかけしました」

俺は両親に頭を下げるが、何の反応もない。

不思議に思い、両親を見る。

「どうされました？」

「そう頭を下げられると、感慨深くてな……」

二人ともなぜか、驚いた顔をしている。

「どういうことでしょうか？」

「お前が一度決めたことを覆《くつがえ》すなんて、そうないからな。ましてや、ワシたちに頭を下げるどころか、頼ることなんて、ほとんどなかった」

「そんなことありませんよ。いつも礼は執《と》っていますが……」

「そういうのとはまた違うのだ。のぅ？　妃《きさき》よ」

「この息子は可愛げが全くないですからね……」

父上の呼びかけにうんうんと首を縦に振る母上に、俺は思わず眉間《みけん》に皺《しわ》を寄せた。

「それはすみませんね……それとフィリスのことですが、あの約束はなかったことにしてください」

「というと？」

「フィリスを妃《きさき》にします」

「英断です！　すぐに結婚しましょう！」

母上は、間髪容《かんはつい》れずに許可した。一方、父上は怪訝《けげん》そうに俺を見る。

「フィリスには嫌われておらんのか？」

「そんなわけがありませんわ。嫌われていませんよ」

母上は舞い上がっているようで、そのまま話し続ける。

「陛下、この息子には、フィリスが必要です。陛下も西の森の出来事をお聞きになったでしょう？　彼女は騎士たちを誰一人として犠牲にすることなく、立ち向かったのです。彼女は、ただの気の弱い娘ではないのですよ。レックスには、宮で優雅《ゆうが》に暮らすだけの妃《きさき》よりも、自分の力を惜《お》しみなく使う、フィリスがお似合いです。それにあの愛らしい姿。完璧ですよ……ふふふ」

母上は力強く、フィリスの魅力を父上に伝えている。

母上がただ可愛いからという理由だけでフィリスを気に入っているのではないと知って、安心する。

だが、母上の思い出し笑いが、ちょっと嫌だ。

「そうか。それでは、ジゼルと話がついたら、近いうちにフィリスとの結婚の準備に入ることにしよう」

父上は、納得した様子でそう言ってくれた。受け入れてもらえたことに安堵《あんど》する。

母上もとても満足げだ。

「フィリスの輿入《こしい》れが決まったときに、ドレスやティアラを用意することは決まっていましたから、準備を早めるようにすぐに伝えましょう」

「よろしくお願いします」

俺はそう言って、席を立とうとする。しかし、母上に呼び止められた。

「レックス、待ちなさい。大事なことがあります」

そう言う母上の顔は真剣そのものだった。

「何でしょうか？」

「フィリスには私のことを母と呼ぶように伝えるのです」

「……却下で！」

真剣な顔で何を言うのかと思えば……

俺はきっぱりと告げ、足早に部屋から去った。

部屋のなかから母上と父上の声が聞こえる。

「妃《きさき》よ、ワシも父と呼んでもらえるかの？」

「次は、もっと強くレックスにお願いしましょう。いざとなれば、陛下の威厳《いげん》でレックスを説き伏せましょう！　晩餐《ばんさん》にも招待するのです！」

父上は、母上が落ち着くように何か言ってくれるだろうと期待していたが、違ったようだ。

まさか、父上まで父と呼んで欲しいと望んでいたとは。

王家の親子三人がこんなことを話しているとは、誰も思わないだろう。

……しばらく両親をフィリスに会わせるのはよそう。母上の宮に連れて行かれそうだ。

とりあえず聞かなかったことにして、その場を静かに立ち去った。

翌日。俺はロイと廊下を歩きながら、彼に問いかけた。

「フィリスの新しい侍女はどうだ？」

「はい、誠心誠意《せいしんせいい》努めると言っていました。フィリス様のことを良い方だと、他の使用人に話しているようです」

次の侍女は上手くやれそうだと、ホッと胸を撫《な》で下ろす。

しかし、この後のことを考えて気を引きしめる。

今日は、ジゼルを宮に呼び出しているのだ。俺は彼女がいるであろう一室に、ロイと向かっていた。

「レックス様!!」

部屋に行くとジゼルはすぐに抱きついてきたが、今さら抱擁《ほうよう》し合うつもりはない。

「ジゼル、座りなさい」

彼女を引き剥《は》がし、そう促《うなが》す。その瞬間、ジゼルの顔からは表情が消えた。

「……私をどうするつもりですか？」

「婚約を取り消す」

「婚約破棄するつもりですか？」

「そうだ、お前は宮にもう入れない。理由はわかるな」

「……あの娘のせいですか？」

ジゼルは唇を噛みしめ、苦々しく言った。

彼女は、自分の隠し事が明るみになっていないと思っているようだ。

「フィリスのせいではない。理由はお前だ」

「あの娘のせいですわ！」

噛みついてくるジゼルに、少なからず虫唾《むしず》が走る。冷たい目でジゼルを見ている自分がいた。

「フィリスのせいにするな。フィリスが来なくてもいずれはこうなっていた。……ジゼル、お前の行動を調べた。身籠《みごも》っているようだな。他の男との子がお腹にいては、俺と結婚はできない」

事実を突きつけると、ジゼルは青ざめた。だが、なおも反論してくる。

「身籠《みごも》っているとは限りませんわ！」

「それなら宮の医師に診《み》てもらおう。もちろん俺の子ではないから、証拠も出すし、相手の男も連れて来る。今以上に徹底的に調べるぞ」

ジゼルは何も言わなかった。調べられたくないのだろう。

ジゼルの息がかかっていない宮の医師は、妊娠時期など嘘はつけない。

そもそも俺は寝所に召してないから、お腹に子どもがいるとわかった時点で、ジゼルの不貞《ふてい》は明らかになる。

ジゼルの行動を調べて、ジェフリーと逢い引きしていた時期と俺のスケジュールを照らし合わせれば、俺の子ではないとハッキリするだろう。

宮に入ってからの不貞《ふてい》、さらに懐妊なんて、社交界では醜聞《しゅうぶん》だ。

このことが広がれば、ジゼルとジェフリーの家は信用を失い、王都にはいられない。

「……レックス様とあの娘のせいですわ」

ジゼルは、どうしてもフィリスのせいにしたいらしい。

俺はいよいよ呆《あき》れながら、彼女に告げる。

「フィリスは俺とではなく、彼女が好いた男と結婚させてやりたいと思っていた。結局、そんな男はいなかったが……」

「……で、では……私は？　私があの娘にしたことは……？」

ジゼルは、自分のしたことが全くの無駄だったとやっと気づいたように呆然《ぼうぜん》とした。

「お前は別の男を選んだのだろう？」

「違います！　わ、私は……」

「そうならお腹の子は何と説明する。フィリスに嫌がらせをせずに俺を信じてくれれば良かったのに、お前はジェフリーに走ったのだ。待っていてくれたと思ったのは、俺の間違いだったようだな」

「そんな……」

床に崩れ落ちたジゼルに、俺は冷たい視線を向けることしかできない。

ジゼルは一度でもフィリスを可哀想《かわいそう》だと思ったことがあるのだろうか。

政略結婚のためだけにたった一人でこの国に来て、頼る者はいない。

故郷のルイン王国の者は、彼女に何かあってもすぐに駆けつけることさえもできないのだ。

そんなフィリスに嫌がらせをしたジゼルを、とてもじゃないが受け入れられない。

「ジゼルはこのまま俺と結婚し、愛人を囲《かこ》い、愛人の子を俺の子として育て、フィリスをいびり続けるつもりだったのか？」

「……ジェフリーとは別れるつもりでした」

「別れようが別れまいが好きにしろ。俺とは終わりだ」

落ち込み項垂《うなだ》れるジゼルに、婚約破棄の書類を差し出す。

彼女はぼんやりと書面を眺めると、ハッとして顔を上げた。

「レックス様、この条件は？」

「今、ジゼルが婚約破棄を受け入れるなら、アウラ伯爵家の王都のお邸《やしき》を俺がいくらかで買い取ろう。その金で田舎で暮らせばいい。この金があれば、お腹の子も育てられるだろう」

「……父が何と言うか」

ジゼルは呆然《ぼうぜん》としたまま、俺を見ていた。

「アウラ伯爵とはすでに話はついている。涙ながらに謝罪していたらしいぞ。正式な処分は父上が決めるが、娘が王太子を裏切ったのだから、爵位の剥奪《はくだつ》、少なくとも降爵になる可能性が高いからな。どうする？」

昨日のうちに、ロイにアウラ伯爵とは話をつけてもらっていた。

ジゼルはしばし考え込んだのち、俺を睨《にら》むように見上げた。

「あの娘と結婚するのですか？」

「そうだ」

「……あの娘ならきっとレックス様をずっと待つのでしょうね」

ジゼルは涙を流し、書類に署名した。

ジゼルが帰った後、ジゼルの父アウラ伯爵と対面するために別室に行くと、入室するなり、彼は土下座までして頭を下げた。

「申し訳ありません！　レックス様！」

「伯爵のせいではない。顔を上げてくれ」

アウラ伯爵は、ひたすら謝罪をしていた。

「今回の件は、俺も責任を感じている。焦《あせ》らず、もっとお互いをよく知るべきだった」

「いいえ、娘のやらかした馬鹿は私の責任です」

彼は憔悴《しょうすい》しきった様子で、そう言う。

「アウラ家を潰すことが目的ではない。いくら親でも、ジゼルとあなたは別の人間だ。なるべく処分を軽くするよう俺からも父上に頼もう。それと、ジゼルは婚約破棄の書類に署名した。すぐに伯爵邸を買い取ろう」

「しかし、本当にこの値段でよろしいのですか？」

不安げな伯爵に、俺は頷《うなず》いた。

ジゼルの不貞《ふてい》を理由に婚約破棄したため慰謝料は出せないが、俺がフィリスに心変わりしたのは事実だ。

それに、いくら他人の子だとしても、お腹の子に責任はない。

家を取り潰して子どもが路頭に迷うことは、俺も望んでいない。

だから、王都にあるアウラ邸を高値で買い取ることにした。

「この値段のことはジゼルには内密にしてくれ。変に勘違いされては困るからな。それと、子はしっかりと育てて欲しい」

「わかりました。しっかりとしたナニーと、いずれはガヴァネスをつけます。決してジゼルのような子にはさせません」

力強く言う伯爵に、俺は少しだけ苦笑した。

どうか、常識のある元気な子に育って欲しいと思う。

「それと、ジゼルが連れて来たこの宮の使用人は、全員連れて帰ってくれ。ジゼルが相手だったとはいえ、宮のことを口外する者は置けない」

「申し訳ありません。まさかメイドが、ジゼルにレックス様のことを報告しに来ているなんて。我が家の執事が気づくまで知りませんでした……」

血相を変えて伯爵邸に戻って来たメイドを不審に思った執事が、彼女とジゼルのやり取りにこっそり聞き耳を立てていたらしい。執事はそれをアウラ伯爵に報告した。

俺より先にアウラ伯爵に会っていたロイが、それを俺に伝えてくれたのだ。

伯爵に伝えるべきことは全て伝え、何度も謝罪する伯爵を見送った。

そして、ジゼルの部屋の荷物は、明日中には全て出されることになった。

これで、ジゼルとの婚約生活が全て終わったのだ。

第二章　言葉を交わしたい王子と王女

今日私は、祈りのために教会に向かっている。

聖女たるもの、隣国でも神様にお祈りは捧げたいとお願いすると、レックス様は快諾《かいだく》してくれた。

それに、頭を整理するためにも、静かな教会で瞑想《めいそう》するのはいい。

ここに来るまでも、ジゼル様やレックス様のことばかり考えていた。

レックス様と一緒に街を歩いた日から数日が経ったけれど、彼は忙しくなったようで、話す機会がほとんどなかった。

あの日、レックス様はジゼル様と別れると言った。いつからそう思っていたのだろうか。

しかも、そもそも私は結婚する予定でここへ来たのに、今さら結婚して欲しいとは、どういうことなのかよくわからない。

それに、結婚して欲しいとは言われたけど、好きだと言われたことはないのだから、自惚れてはいけない。

ジゼル様と別れるから、繰り上げみたいなものだと、レックス様に期待してしまいそうな自分に言い聞かせた。

サラと護衛たちと一緒に教会に着くと、司祭様が迎えてくれた。

私は包みを取り出すと、司祭様に手渡す。

「司祭様、こちらはレックス様からの寄付金です」

「こんなに……ありがとうございます！」

感激している司祭様に寄付金をお渡しし、祈りの間に案内をしてもらう。

結構な額の寄付金で司祭様は明らかにご機嫌《きげん》な様子だ。しかも私がレックス様の結婚相手の一人だからか、祈りの間も貸し切りのように人払いをしてくれた。

サラたちを廊下に残し、たった一人でそこに入る。

祈りの間は明るい日の光が差しており、窓も大きく開放的だった。

窓の方向に膝をつき、祈りを捧げる。

昔からやってきたことだからか、頭がすっきりしてくる。

私はひたすら祈りを捧げていた。

しばらく経った後、祈りの間から出ると、教会の入り口にレックス様が来ていた。

警備の方たちと険しい顔で何か話している。真剣な話なのか、また顔が怖い。

声をかけるのを待とうかと思っていると、レックス様が一番に私に気づいた。

「フィリス、終わったか？」

さっきまでは警備の方と険しい顔で話していたのに、一瞬でとても優しい顔つきになった。

それを見て、私はわずかに胸を熱くする。

「はい。レックス様もご用は終わりましたか？」

「終わったから迎えに来た」

「私をですか？　……警備で何かありましたか？」

迎えに来たと言われると嬉しくなるが、周りの警備の方の目が気になって、恥ずかしくなる。

先程の警備の方とのやりとりが気になって聞いたけれど、レックス様はかぶりを振った。

「気にしなくていい。警備は大丈夫だ。帰るぞ」

「待ってください、レックス様。サラがまだ……」

レックス様に肩を抱かれ、馬車に連れて行かれるが、サラがいない。

「サラは先に帰した。母上の侍女を借りて来たから、サラに侍女の仕事を教えてもらうことにした」

リンジーとジェナのことがあったからか、レックス様は侍女に対して気を遣っているみたいだった。

王妃様の侍女を借りるなんていいのかしら。私は気にしてなかったのに。

そう思っているとレックス様に名前を呼ばれ、顔を上げると手を差し出してくれている。手を添え馬車に乗り込み、私とレックス様は帰路についた。

宮に着くなり、レックス様の部屋に連れて行かれる。

そして、いきなり衝撃的なことを言われた。

「フィリス、ジゼルとは別れた」

「ジゼル様との結婚は？」

「婚約を破棄したから結婚はしない。ジゼルは不貞《ふてい》をしていて、浮気相手の子がお腹にいる」

「……御子が？」

今なんと？　一体いつからですか⁉

「俺の子ではないからな」

ジゼル様を召してないと再度伝えたいのか、強めの口調でレックス様は聞いてもないのにそう言った。しかし、ジゼル様は一体どうしたのだろうか。

ジゼル様はレックス様に愛されていたというのに、私には理解できない。

私と違ってレックス様から好きだと言われていたのでは。

レックス様からプロポーズをされていたはずなのに。

レックス様は本当はジゼル様だけを妃《きさき》にしたかったはずなのに、どうして彼女は不貞《ふてい》をしたのだろう。

……懐妊しているということは、ずっと前から浮気をしていたということ。

私にはジゼル様が、どうしてもわからなかった。


それから数日が経った。

レックス様がジゼル様と別れてから、私たちは毎日のように一緒に食事をとっている。

レックス様は早起きで、朝から走り込みをしたり、剣を振ったりと鍛練に励んでいた。

朝食の時間になると、疲れを感じさせないいつも通りの引き締まったクールな顔でやって来る。

「フィリス、ルイン王国にフィリスを正妃にすると書簡を出した。すぐに結婚の準備に入る旨《むね》を伝えたから、準備が整い次第結婚をしよう」

レックス様のいきなりの発言に、フォークが止まってしまった。

「結婚は、まだ先ではなかったですか？」

「それはジゼルがいたからだ。彼女ともう結婚しないのだから、待つ必要はない。フィリスは同盟を結ぶために来たから、ジゼルのように婚約期間を置く必要もないだろう。陛下たちにも異論はない。……すぐに結婚するのは嫌か？」

「そ、そんなことありません。その、嬉しいです……」

「では、今日からすぐに結婚の準備に入ろう」

そうでした。ジゼル様の後ならと結婚を了承されていたのだった。

いきなりのことに戸惑《とまど》うけれど、予定が早まっただけのことだ。

朝食が終わるとレックス様は仕事に行く。お見送りをするために一緒に玄関まで歩いた。

「昼食には帰るから、今日も一緒に食べよう」

「はい、お待ちしています」

そう言うとレックス様の手がそっと肩に置かれ、頬《ほほ》にキスをされる。

思わず体が強張《こわば》ってしまう。最近はずっと優しいけれど、好かれているのかはわからない。

やはりただの繰り上げの正妃なのではと思うと、どこか寂しい。

一度でいいから私を好きだと言って欲しいと思うのは我《わ》が儘《まま》だろうか。

レックス様を見送った後は、妃《きさき》になるための勉強を一人でしていた。

一息ついたところで、王妃様にお借りしている侍女のイザベラが、サラともう一人、見たことない若い女性を連れてやって来た。

「フィリス様、少々お時間よろしいでしょうか？」

「かまいませんよ、何かしら？」

イザベラは彼女に自己紹介を促《うなが》す。

「初めてお目にかかります！　フィリス様！　リタと申します！」

ハキハキと挨拶《あいさつ》をするリタは、私の新しい侍女になってくれるらしい。

大人しいサラとはまた違う印象だが、意地悪な感じではなく安堵《あんど》する。

リタもサラも侍女を務めるのは私が初めてなので、しばらくはイザベラが教育することになっていた。

「よろしくお願いしますね、リタ」

私が微笑むと、サラは両手に抱えるように持っていた花束を私に手渡した。

「レックス殿下から届きました。フィリス様にと」

この両手いっぱいの花束は、レックス様からの贈り物らしい。

先ほど見送ったばかりだけれど、一体いつ頼んだのだろうか。不思議だ。

そして、昼食も一緒にとろうと言って仕事に行ったので、お昼には帰って来るはずなのに。

離れている時間がそんなに長いわけではないのに、こんな贈り物をくれるなんて、少々戸惑《とまど》う。

「あ、ありがとうございます」

サラから受け取った花束は大きすぎて、顔が埋もれそうだ。

「早速ですみませんが、大きな花瓶をお願いします」

「お花なら私たちがお活けいたします」

イザベラはそう言ってくれたけど、レックス様からのいただきものなので自分でしたい。

「初めてレックス様からいただいた花束ですので、今日は自分で活けます」

「失礼しました。ではすぐに準備します。リタ、サラ。すぐに花瓶の準備を」

「「かしこまりました！」」

イザベラに答えるとすぐに、リタとサラが花瓶を持って来てくれる。

花を飾るとリタが明るく話しかけてきた。

「リンジーとジェナにご苦労なさったとお聞きしました。ですが、私たちは誠心誠意努めさせていただきます。何なりとおっしゃってください」

「リンジーとジェナを知っているのですか？」

「実は、私はしばらく宮を離れていたのですが、以前はこちらで働いていまして、リンジーたちと揉めたことがあります。彼女たちは傲慢《ごうまん》で、メイドたちは皆困っていました。今はアウラ伯爵邸にいるそうですが、アウラ伯爵がお怒《いか》りだそうで外出禁止になり、一番下のメイドとして働いているそうですよ。アウラ伯爵家のメイドをしている友人に、密《ひそ》かに聞きました」

今度は伯爵の怒りを買うなんて、二人は何をやっているのか。

私は驚きながらも、身の回りの世話をしてくれるみんなに微笑む。

「リタとサラが侍女になってくれて助かります」

しみじみ言うと、二人は顔を見合わせ照れたように笑顔になった。

「私たちも、フィリス様にお仕えすることができてとても嬉しいです」

四人で談笑《だんしょう》しながら、午前中はあっという間に過ぎていった。

やがてお昼時になり、レックス様が昼食をとりに帰って来た。

彼は、また頬《ほほ》にキスをしてくる。レックス様はなんだか吹っ切れたように距離が近い。

「レックス様、花束をありがとうございます」

「気に入ったか？」

「はい、すごく嬉しかったです」

少し恥ずかしく思いながらも、私は背の高いレックス様を見上げて、目をしっかりと見てお礼を言う。

すると、レックス様はまた顔を横に向けてしまった。

やはり、私が好きなのではなくて、繰り上げの結婚だから、贈り物ぐらいはしなければならないと思ったのだろうか。そう思うと少し悲しい。

そう思っていたのに、また翌日も、そのまた翌日も、レックス様が仕事に行った後には花束が届くようになった。

レックス様からいただく花は、毎日違った種類でどれもとても鮮やかだった。

美しい花でいっぱいになった部屋は、素敵で幸せな空間だ。

毎日種類の違う花の意図はなんなのだろうと疑問はあるが……

そんな部屋に、笑顔でロイがやって来た。

「フィリス様、レックス様の隣にお部屋を替えませんか？　妃《きさき》用の部屋です」

「……まだ早いです。それに、レックス様がお嫌かもしれません」

「すぐに結婚になりますよ？　それにレックス様に限って、それはあり得ません。すぐに移りましょう」

「し、しかし、妃《きさき》になってからのほうが……」

「それでは遅いでしょう」

結局ロイに押される形で部屋替えは決まり、次々と荷物が運び出された。

ロイは、「丁重《ていちょう》に運ぶのですよ」と荷物運びを指示している。そんなロイは、最近は特になんだか機嫌《きげん》が良く見える。何か良いことでもあったのだろうか。

着々と進む結婚の準備に、戸惑《とまど》いがないわけではない。

一年以上先のことだと思っていた結婚がすぐ近くまで迫ってきているのだ。

そわそわしているとあっという間に時間が過ぎて、窓からは夕日が差し込んでいた。

今日は、レックス様がいつもより早く帰って来た。

花束を片手で持った彼は、忙《せわ》しない宮の様子に首を捻《ひね》る。

「これは何だ？　部屋替えか？」

「はい。レックス様のお隣になるそうです。ご迷惑でしたらすぐにやめます」

私が答えると、レックス様はまさかと首を横に振った。

「迷惑ではない。いずれフィリスの部屋になるのだから」

そう言って、彼は花束を目の間に差し出す。真っ赤なバラ一色だった。

改めてときめいてしまう。

レックス様の手から直接花束をもらったのは初めてで、いつもと違い胸が高鳴る。

今まで誰に花束をもらっても、ただお花が綺麗だなと思うだけだったが、こんな気持ちは初めてだ。

そして、疎い私は気づいてしまった。もしかしてこれが恋では……と。

そう気づいて、ハッとする。

「いつもありがとうございます」

恥ずかしい気持ちを抑えながらお礼を言う。手渡された真っ赤なバラが嬉しい。レックス様を直視できずにバラに視線を落とす。

すると、レックス様の唇がまた頬《ほほ》に当たる。そして、耳元で話しかけられた。

「今から二人で出掛けないか？」

たった今、これが初恋だと気づいた私は、くすぐったいくらいの囁《ささや》き声に耐えられず、両手で抱えている花束に顔を突っ込んだ。

「フィリス!?」

レックス様はギョッとしたような声で、私の名前を口にした。

「し、支度《したく》して参ります!!」

赤面しているであろう顔を上げられず、私は花束に顔を突っ込んだまま逃げた。

「フィリス!?」

レックス様が呼ぶ私の名前は、木霊《こだま》するように廊下に響いていた。

荷物が丁寧に運び込まれている新しい部屋では、リタとサラが置き場所を整えていた。

その部屋に飛び込むように入って来た私に皆が驚き、動きが止まった。みんなの視線が痛い。

「リタ、サラ！　し、支度《したく》をお願いいたします！　レックス様と出掛けます！」

「は、はい!!」

息も絶え絶えの私に、リタとサラは勢いよく返事をする。

私が顔を突っ込んだせいで、花束は真ん中が丸く凹《へこ》んでしまっていた。

リタとサラに花束を渡すと、彼女たちはそれを見て目を点にする。

二人が同時にこちらを見たが、理由は言えなかった。

この年で初めて人を好きになったと今頃気づいたなんて、笑われるだけだ。

こんなに顔を熱くしたままで行きたくないけど、断れない。お誘いは素直に嬉しい。

急いで支度《したく》をすると、レックス様は廊下で立って待っていた。いつからいたのだろう。

「お、お、お待たせしました……」

上手く言葉が出ずに、つかえてしまった。

「……顔は大丈夫か？」

「は、はい」

恥ずかしいからといって花束に顔を突っ込むなんて……別の恥ずかしさが込み上げてきた。

レックス様も、絶対にこんなことをする女はいなかったと思っているはず！

そんな顔で見ていますよね！

私も花束に顔を突っ込んで逃げる女なんて、見たことも聞いたこともありません！

内心であわあわしている私をよそに、レックス様はいつものように冷静に言う。

「行こうか」

「よろしくお願いします……」

そのまま連れられて馬車に乗るが、なんだか変に意識してしまう。

彼も私が挙動不審《きょどうふしん》に見えるのか、小さくため息をついた。

「フィリス、今から結婚式をする予定の大聖堂に行くぞ」

「はい……嬉しいです」

嬉しくてつい緩む口元を手で抑えながら言った。

「それと、ルイン王国の使者が結婚式の警備の下見をしに来る。フィリスの様子も見たいと書簡が来た」

「本当ですか？」

知っている人が来るかもしれないと、少し期待してしまう。

緩む口元から、驚きに変わった。レックス様は一瞬だけツンとして続ける。

「警備の下見ももちろんするが、兄上殿は多分、フィリスの様子が気になっていたのだろう。下見に来る使者たちのなかには、フィリスの元護衛もいるそうだ。……サイラスという名前もあった」

「サイラスも来るのですか⁉」

あまりの驚きと嬉しさで立ち上がると、バランスを崩してしまう。

倒れそうな私をすかさずレックス様は片手で支えた。

「す、すみません！」

両手をついて座り直すと、レックス様はまた怖い顔になっていた。

子どもみたいな私に呆《あき》れたのだろう。

ジゼル様は妖艶《ようえん》で色気がたっぷりあったから、レックス様はきっとあんな大人な方がお好きなはずだ。私とは似ても似つかない。

私が落ち込むと、レックス様は低い声を出す。

「サイラスに会えるのは嬉しいか？」

「はい、とても嬉しいです。早く会いたいです」

「俺といるよりあの男に会いたいか？」

「サイラスは友達です。レックス様とは比べられません」

レックス様は特別な人だから。そう思いながら答えるが、彼は黙り込んでしまった。

やがて、目的地の大聖堂に到着した。

ここで、私たちは結婚式を挙げる予定だ。レックス様は、私にここを見せたかったらしい。

人払いをしてくれていた大聖堂は、ステンドグラスに日が差し、どこか幻想的で、息をのむほど綺麗だった。

そのままレックス様について行くと、祭壇《さいだん》の前で止まる。そして腕を掴まれたまま、お互いに向き合った。

「ここで式を挙げる。……フィリスは結婚を誓えるか？」

「はい」

「……では、なぜ体を強張《こわば》らせる？　結婚したら、一生俺のものになるんだぞ」

レックス様の距離が近いからとは言えるわけもない。

ここでもレックス様は頬《ほほ》を撫《な》でながら、抱き寄せてくる。

どうしていいのか、わからない。わからないけれど、私は初めて好きだと自覚している。

「どうしていいのかわからないのです。子どもですみません……」

「フィリスを子どもだと思ったことはない」

……それは、体目的ということだろうか？　ますますどうしていいのかわからない。

「……レックス様は結婚をしたいのですか？　私でいいのですか？　私は……そ、その、経験がありませんでして……」

「当たり前だ。俺が欲しいのはフィリスだ」

抱擁《ほうよう》されて、逃げられない。腰に回された手に力がこもる。

「けっ、結婚までは待ってください！」

「無理にはしない。だが、結婚の準備は急がせる」

そう言って、彼が私の額《ひたい》や頬《ほほ》にキスをすると、わけがわからなくなる。

レックス様にとろけてしまいそうだった。

ぼんやりと彼を見ると、彼は顔を押さえながらまた横を向いてしまった。

私の顔を見ると、レックス様はよく顔を横に向けてしまう。

大きく筋張った男らしい手は素敵だけれど、顔を隠すレックス様の意図がよくわからない。

私の顔がお気に召さないのだろうか。

私はそんな疑問を抱えながら、レックス様と一緒に手を繋いで宮に帰った。

◇◇◇

フィリスと大聖堂から帰って来た後、俺は書斎で少しだけ仕事を片付けながら、最近のことを思い返していた。

ジゼルと別れて、フィリスとすぐに結婚すると決めた。

両親は大喜びで、俺と同じようにすぐに支度《したく》に入ろうと準備を始めている。

ジゼルとアウラ伯爵を城に呼んだ日、フィリスが祈りを捧げたいと言うので、サラたちをつけて教会に行かせた。

俺がジゼルたちとの話を終えたあと、フィリスを教会まで迎えに行くと、護衛が俺に報告しに来た。

なんと、ジゼルのあの侍女二人がここに来て、フィリスに会わせろと詰め寄って来たというのだ。教会にはフィリスが乗って来た宮の馬車が横付けされていた。それで、元侍女たちは宮の馬車だと気づいたのだろう。

不審に思った護衛は、元侍女たちをフィリスに会わせずに邸《やしき》まで見張りながら帰したらしい。ジゼルもアウラ伯爵も俺と話していたから、邸《やしき》にはいなかった。だから、執事に引き渡したようだ。

彼はかなり恐縮しており、絶対に部屋から出ないようにと彼女たちを叱責《しっせき》していたそうだ。

あれほど嫌がらせをしておいて、今さらフィリスの侍女だと主張するとは、おそらくジゼルにも見捨てられたのだろう。厚顔無恥《こうがんむち》な振る舞いに、また怒《いか》りがわきそうだった。

『フィリスには言うな。あれは優しいから気にするかもしれん』

護衛にそう釘を刺していると、フィリスが祈りの間から出て来た。

聖女のとき用の白いローブを着ている彼女の姿は、まるで天使のようだ。

フィリスは可愛いと思う。上目がちにこちらを見られると、可愛すぎて口元が緩みそうになり、直視できない。

こんなに可愛い人が妻になっていいのかと思うが、もう離せない。

今は、彼女に嫌われないように頑張らなければと、自分を奮い立たせた。

フィリスに何か贈り物をしたいが、フィリスの好きなものがわからない。

以前仕立屋は断られたから、毎日花束を贈るが、フィリスはいつも笑顔で礼を言った。笑顔は可愛いが、本当にこの花が好きなのかさっぱり見当がつかない。

毎日違う種類の花束を贈るが、毎日同じ笑顔で礼を言われる。一体どの花が好きなのだろうか。

誰か教えてくれ、とさえも思う。

フィリスは、王族としてどんなときでも表情を崩さないようにと育てられているだろうから、あの笑顔は社交辞令なのか、それとも喜んでいるのか区別がつかない。

さらに、頬《ほほ》にキスをすると体を強張《こわば》らせるから、彼女にまだ嫌われているのだろうとさえ思う。

こんな経験は初めてだった。

ジゼルでさえ、俺にすり寄って来ていたのに、フィリスは違う。

フィリスがどうしたら喜ぶのか、全くわからない。

そんなふうにもやもやしていたとき、ふと思いついた。

俺たちが結婚式を行《おこな》う予定の大聖堂に、一度フィリスを連れて行こうと。

思い立ってからすぐに休みを取り、やっとその日が来た。

そして、今日は直接フィリスに花束を渡した。

するとフィリスは赤面し、花束に顔を突っ込んだ!　この反応は何なのか!?

そして、逃げられた……

こんなことをする女は初めてだった。どうしていいのかわからない。

大聖堂へ行く途中に、近いうちにルイン王国からサイラスが来ることを伝えた。

フィリスは、あまりに嬉しかったのか立ち上がっていた。今までにないほど喜んでいる様子だった。

彼女が喜んでくれるのは嬉しいが、複雑な気持ちだ。

揺れている馬車のなかで立ち上がるから、彼女はバランスを崩した。慌《あわ》てて支えるとフィリスはまた体を強張《こわば》らせる。

俺は今すぐに抱きしめたいのを必死で我慢していた。

こんな様子で、本当に結婚をしてくれるのか不安になってくる。

大聖堂で、フィリスに結婚を誓えるかと聞くと『はい』と返事をしてくれたが、自信がない。

なぜ、体を強張《こわば》らせるのかと聞いても、『子どもだから』と言った。

フィリスのことは若いとは思っているが、子どもだと思ったことはない。一人の女性として大切に思っている。

ただ、無理にはしたくない。フィリスに少しでも好いてもらいたい。

だからこそ、今は尽くしたいと思うばかりだった。

◆

今日は、ついにルイン王国の使者団が来る。

私は朝から今か今かと待ちわびていた。

ようやく時間になると、レックス様が迎えに来てくれて、城に赴《おもむ》く。

城の謁見《えっけん》の間《ま》では、すぐに使者団に会えた。なかには、サイラスもいる。

「サイラス！」

あまりに嬉しくて、サイラスに駆け寄ろうとすると、足が宙に浮いてしまった。

レックス様が私のお腹に手を回し、私を持ち上げていたのだ。

「あの、レックス様？　これは何でしょうか？　サイラスの所に行けません」

サイラスも他の方も、おかしなものを見るような目をして困っている。

私は浮いた不安定な体が倒れないように、レックス様の服を掴む。

すると、そのまま押し潰されるようにレックス様に抱き寄せられた。

「みな、よく来てくれた」

この状態で、よく表情も変えずに挨拶《あいさつ》ができるな、と思うがこの場でレックス様にもの申す人はいない。

使者団は、レックス様に無礼《ぶれい》がないように、一斉に跪《ひざまず》いた。

「レックス様、みんなともっと近くで話したいのです。いけませんか？」

「……かまわない」

かまわないなら、なぜ捕まえるようにするのですか？　また疑問が増える。

レックス様の腕のなかに閉じ込められたままそう言うとやっと離してくれたので、ルイン王国の使者団のそばに行く。

懐かしさで胸がいっぱいになって泣かないようにと、口を押さえる。

そのなかの一人が、私に話しかけてくれた。

「姫、お元気で何よりです」

「会えて本当に嬉しいわ。みんなも以前とお変わりないようで安心いたしました。それにこの後、みんなとお話しできるように、レックス様が大広間に晩餐《ばんさん》の準備をしてくれています」

レックス様が晩餐《ばんさん》会を開いてくれることがとても嬉しくて、喜びを噛みしめながら、笑顔で言った。

使者団の方たちも笑顔を返してくれる。

「レックス様、こちらが幼馴染のサイラスです」

「そのようだな」

レックス様にサイラスを紹介するが、レックス様の顔は怖い。

初対面にもかかわらずレックス様に凝視《ぎょうし》されたので、さすがのサイラスも困った様子だ。

ひきつるのを我慢しているのがわかる。

「レックス・ガイラルディアだ」

いつも冷静なレックス様が、ツンとしたように言った。

そしてそのまま、早速警備の話を始める。

それから、しばらくの間使者団との話し合いが続いた。

もともと使者団は、今回は結婚式の警備の下見をするだけの予定だった。

しかし、式まであまり日がないため、双方の合意の上で、結婚式までこのままガイラルディア王国に滞在することを許された。

急な変更ではあるものの、私にとっては嬉しいことだ。

結婚式もそうだが、みんながガイラルディア王国にいると思うと心強い。

そして数時間後、使者団との晩餐会《ばんさんかい》が始まった。私の右隣にはレックス様がいる。

私の左隣にはサイラスだ。一緒に食事をすることが懐かしい。

レックス様が気を遣って、この配置にしてくれたようだ。私は彼に感謝した。

……時々サイラスの顔が引きつるのが気にはなったけれど。

レックス様は睨《にら》むように凝視《ぎょうし》しているみたいだし、どうやらサイラスが気になるようだ。

とりあえず今は、気にしないでサイラスと話を続けた。

「サイラスはお母様のご実家に顔を出すの？」

「近いうちには行くつもりだ。折角《せっかく》ガイラルディア王国に来ているからな」

その話にレックス様が食い付いた。

「実家？　サイラスはガイラルディア王国の人間なのか？」

「いえ、生まれも育ちもルイン王国です。ただ、母はガイラルディア王国出身です。ルイン王国の父のもとに嫁《とつ》いで来たと聞いております」

その話は聞いたことがある。サイラスのお父様である公爵様に見初められて嫁《とつ》いで来たらしい。

サイラスは公爵家の次男だから家を継がないので、ガイラルディア王国で母方の伯爵家を継ぐ話もあったらしい。

ただ、その頃はすでに聖騎士《せいきし》を目指していたから断ったと聞いていた。

「そうだったのか」

少しサイラスに興味が出たのか、レックス様は赤ワインを口にしながら微笑む。

晩餐《ばんさん》は、終始和《なご》やかな雰囲気だった。

彼らは城に滞在するため、レックス様の宮で生活している私はここで一度お別れだった。

久方ぶりのみんなと離れるのは名残惜《お》しいが、ルイン王国との距離に比べれば全く問題ない。

自分の近くに故郷の方々がいることが、何よりも心強かった。


それから数日後。

使者団が到着してから、より本格的に結婚式に向けての準備が始まり、みんな忙しい日々が続いていた。

私も結婚式のために、ドレスの合わせや式の手順等を覚えなくてはいけない。

今日は、結婚式の打ち合わせのために城へと赴《おもむ》いていた。

ロイとリタが付き添ってくれて、打ち合わせは難なく終わった。二人を見ると気が合うのか、最近はよく一緒にいるみたいだった。

その二人のおともを連れて宮へと帰る前に、サイラスに会いに行く。

以前にレックス様が、『城でならいつでもサイラスと会っていい』と言ってくれたから、サイラスに時間を作ってもらっていたのだ。

ロイとリタは「積もる話もあるでしょう」と隣の部屋で控えてくれ、久しぶりにサイラスと二人で話をした。

「サイラスとまた会えるなんて本当に嬉しいわ。ミアは元気かしら？」

「ああ、元気にしているよ。フィリスのことをとても心配していた」

「ミアが元気だと聞いて安心したわ。なんだか懐かしいわ」

サイラスの口からミアのことを聞いて、ルイン王国での日々に思いを馳《は》せる。

「国の行き来も少しずつ昔みたいに戻ってきているし、いずれミアと会いに来られるだろ。ミアもフィリスの話ばかりで、ずっとそばに行きたいって言ってる」

「早く会いたいわ……」

「何かあったのか？　城に来たときも時々何か考えているだろう？　昔みたいになんでも話してもいいんだぞ。俺とミアはフィリスの味方だろ？」

心配した様子でサイラスが尋ねる。幼馴染の彼には、私が悩んでいることはお見通しのようだった。

私は、今までのことや、レックス様がジゼル様と別れたことを伝えた。

サイラスは大変だったな、と頷《うなず》きながら聞いていた。

「……だから、私は望まれたわけではなくて、繰り上げで正妃になるの。……政略結婚に愛情なんて求めてはいけないとわかっているけれど、レックス様は私が初めて好きになった人なの」

お茶はいつの間にか三杯目に突入していた。

「でも毎日花束を贈ってくるんだろう？　レックス様もフィリスが好きなんじゃないのか？」

「絶対違うわ！　だって、一度も好きだって言われたことがないの。毎日、美しい花を贈ってくださることは嬉しいけど、肝心なレックス様の気持ちはわからないままだわ……」

「花言葉に意味があるとか？」

サイラスの問いに、私は俯《うつむ》いた。

「実は、そう思って夜に図書室で調べたことがあるわ。ただ、調べれば調べるほどますますわからなかったわ」

あの日のことは、今でも忘れられない。ひまわりや黄色いバラなど、黄色のお花を中心とした花束をいただいた日だった。

「小ぶりなひまわりは、元気な子どもという意味だったわ。黄色いバラは、友情や愛情の薄らぎ、恋に飽きた、とかだったの。他にも黄色い花のイメージは、元気とかだったわ。ただ、いただくお花の色も毎回違って赤いバラのときもあって、わけがわからないの」

レックス様は子どもと思ったことはないと言ったけれど、子どもは元気でいろ、と言うことなのかしら⁉

しかも、あの顔を突っ込んだ日以降赤い薔薇は来なくなった。今思い出しても恥ずかしい！

毎日、違う色や違う種類の花束をいただくから、花言葉を調べたとしても全く意図が見えない。

レックス様が、何がしたいのかわからないのだ。

「チューベローズという花をもらったこともあるのだけれど……恐ろしいことに花言葉は、官能だったわ。ブラックローズは夜の帳《とばり》と呼ばれる花だったのよ。まさか、体を差し出せってことなの!? ジゼル様と結婚してあれやこれやと、しようと思っていたことができなくなって、その目的が次の私に移ったということなのかも!?」

ますます混乱してしまう。

「は、花言葉に意味はないんじゃないか？」

サイラスは、呆《あき》れたような困ったような顔で言う。

「本当にそう思う？」

「……ここ数日だけど、フィリスが城に来たときは、レックス様がほとんど付き添っているし、城の警備の人からも、レックス様はフィリスのことを気にしていると聞いた。……わからないなら一度離れてみるとか？　この結婚を延ばしてもらって、里帰りしたいとお願いしてみるのはどうだ？」

「そ、それはダメ！　帰ったらレックス様に会えなくなってしまう……。前より嫌われてしまうかもしれないし、今さらもう会えないなんて、嫌だわ……！」

欲しいのは、レックス様の言葉だけなのに。

サイラスに全部ぶちまけるように話すと感情が高ぶったのか、わっと泣いてしまった。

サイラスとミア以外にこんなことは話せないから、気持ちが緩んでしまったのかもしれない。

すると、タイミング悪くレックス様がやって来た。

「フィリス、どうした⁉　サイラス、彼女に何をしたんだ⁉」

レックス様は私がサイラスに泣かされたと思ったようで、いつもよりも数倍怖い顔をしている。

急に怒鳴《どな》られたサイラスは、斬られると思ったのか血の気が引いている。

「俺は何もしていません！」

「レッ、レックス様、違うのです」

必死に弁明しようとするが、レックス様の耳に入っていない。

サイラスは早く助けてくれ！　というような視線を私に投げかける。

「フィリスが泣いているだろ‼」

「レックス様！　違います！　サイラスは関係ありません！」

先ほどよりも大きな声で伝える。私の大きな声に驚いたのか、レックス様が一瞬止まった。

「お、お二人でごゆっくりお話しください！　失礼いたします。フィリス、逃げるなよ！」

その瞬間、サイラスはそう言って、早足で部屋から逃げてしまった。

「サ、サイラスっ！」

この状態で、私を置いていかないで欲しい！　だが、私の悲痛な声は彼に届かなかった。

二人きりで残された部屋に、沈黙が流れる。

怖い顔のレックス様と、青ざめ、頬《ほほ》に涙の跡《あと》が残った私は、否応《いやおう》なしに話をすることになった。

レックス様に正面から肩を掴まれ、私に逃げ道はない。

「フィリス、どうしたんだ？　サイラスは友人ではなかったのか⁉」

「サイラスは関係ありません。私がサイラスに悩みを相談していまして……」

サイラスとケンカでもしたのかと思ったかもしれないが全く違う。

むしろ、原因はレックス様なのだ。

「悩みがあるなら、俺に言えばいいだろう」

当の本人には言いにくい。

とても言いにくいけど、言わないともう無理な気がしてきた。腹を括《くく》るしかない。

「悩みとはですね……レックス様のお気持ちがわからないのです。私は嫌われたままだと思っ……！」

まだ言い終わらないうちに、レックス様に力いっぱい抱きしめられていた。

「お前を嫌いなわけがない！　フィリスが好きだから、好かれようと努力しているのに！」

レックス様が今、好きと言った。私には聞き逃せない言葉だった。

さらに私を抱きしめる腕に力を込める。

「俺が一方的に好きだから困っていたのか？」

「い、一方的ではありません！　私も……」

「本当か？　ではなぜ泣く？」

レックス様にそう指摘されて、自分がまた涙を流していることに気がつく。

「レックス様が、一度も言ってくださらなかったから……。それなのに、毎日色んな花束が届くのでどうしたらいいかわからなかったのです」

また、涙が頬《ほほ》を伝う。レックス様は戸惑《とまど》いながらも、優しく答えてくれた。

「あれは、フィリスの好きな花がわからなくて、毎日違う花を贈ったのだ。どうすれば喜んでくれるのかわからないのだ」

「花言葉は？」

「何だそれは？　花言葉なんかどうでもいいだろう」

……レックス様は細かいことはどうでもいい人でした。

そう思うと、無言で涙が止まる。

でも、その言葉にホッとしている自分がいた。

「フィリスは、花が嫌いだったか？　あの顔を突っ込んだときにやめれば良かったか」

「ち、ちが、違います！　あ、あれは、恥ずかしくてですね……」

今思い出しても恥ずかしい！　恥ずかしすぎてレックス様の腕のなかで小さくなる。

そして、小さな声で伝えた。

「花束よりも私は言葉が欲しかったのです。私はレックス様に好いてもらえる自信がないのです」

「あの砦《とりで》で出会った後すぐに、ジゼルと別れてお前を探しに行けば良かった。そうすれば余計な苦労をかけなかったのに……すまない」

その言い方だと、まるであの砦《とりで》で出会ったときから、気にしてくれていたようだ。

私もずっと万年筆の方が気になっていた。もう一度会いたいと思っていた。

……きっと、もうそのときには少しずつ惹かれていたのだ。

「フィリス、お前が好きだ。自信を持て」

「……はい。私も好きです」

レックス様に身を預けるように、腕のなかに包まれる。

私は、間違いなくこの人が好きなのだ。


今夜は、なかなか眠れない。

ガイラルディア王国に来たばかりのときは、不安と孤独で眠れなかった。自分がこんなに繊細だったかしらと思うほどだった。

ただ、今夜はちょっと違う。

レックス様に好きと言ってもらえた。

知れば知るほど彼は責任感が強く、とても優しい。そんな方ともうすぐ結婚できるのだ。

レックス様のことを思い出すと心臓の鼓動が速くなる。

きっと私とジゼル様のことで苦労をかけただろうに、一度も私を責めるどころか口にもしない。

優しすぎる。

……しかし、レックス様はキス魔なのでしょうか？　挨拶《あいさつ》にしては、キスの回数が多い気がする。

あの近い距離を思い出すと、また顔が赤くなる。

他のことを考えたくて、明日のドレスを選ぼうとクローゼットへ行く。しかし、ドレスを選ぼうとするも、レックス様はどんな服が好きなのだろうと考えてしまう。

落ち着かない私は、部屋と衣装部屋を行ったり来たりしていた。

そのとき、続き部屋からノックの音がする。

「……フィリス？　起きているか？」

「は、はい。すみません。うるさかったでしょうか？」

大きな音は立ててないつもりだったけれど、衣装部屋の扉の音でも聞こえたのだろうか。

そう思いながら、扉越しに返答する。

「いや、もしかしたら起きているのではないかと思って……少しいいか？」

「はい」

ゆっくり扉を開けると、レックス様は寝る前だったのか薄着のシャツを着て現れた。

「眠れないのか？」

「少しだけ……」

そう言うと、レックス様は少し考えていた。

「少しだけ、部屋に来ないか？」

「でも、もう夜です。ご迷惑では？」

「迷惑ではない。少しでいいのだが……」

夜に殿方の部屋に行ってはいけない。しかし、レックス様とは結婚する。その場合は、部屋に行ってもいいのでしょうか？

自問自答していると、レックス様は、何かを察した。

「やはりここで待っていろ」

そう言って部屋に戻ってしまった。

どうしたのだろうと思っていると、レックス様は急いだ様子で戻って来た。

「これをフィリスに……」

神妙《しんみょう》な顔で、リボンのついた細長い箱を差し出される。

「まだ、俺からの贈り物は受け取れないか？　以前もドレスを贈ろうとしたときに断っただろう？」

「あ、あれは、お礼をされるようなことではなかったので……」

私がそう言うと、レックス様は懇願《こんがん》するように私を見た。

「どうか、受け取って欲しい。好きな女性に贈り物を受け取ってもらえないのは、その、悲しいものだ」

来たばかりの頃は、貰う理由がないからとドレスを断り、ジゼル様がいたからレックス様の気持ちに気づかなかった。一緒に食事もとらず、知らず知らずのうちにレックス様を傷つけていたかもしれない。

なんて私は無礼《ぶれい》なことをしたのかと、今になって申し訳ない気持ちでいっぱいになる。

そもそも、婚約者にドレスや宝石を贈るのは珍しくない。

……レックス様がそんなものすら贈れないのかと、疑われてしまう。

レックス様は、私が身につけるものを贈ろうとしてくれている。

……それに、好きな女性にと言ってくれた。私の胸がまたいつもより激しく動き出している。

「レックス様、ありがとうございます。……私」

「フィリスが謝る必要はない。ただ、受け取ってくれたらいいんだ」

私が謝ろうとすると、レックス様はそう言って止めようとする。

レックス様の優しさが胸にしみて、涙がほろりと落ちる。

「……おかしいですね。以前はこんなに泣き虫では、なかったのですが」

「いいんだ。ガイラルディア王国が……この宮が辛《つら》かったのだろう。すまない」

そう言いながら包み込むように、抱きしめてくれる。

どうしてこんなに優しい人を怖いと思ったのか。

私は、あの万年筆の方に、レックス様と同じ気持ちを抱いていた。

それなのに、初恋すら知らない私には、それが一体なんの感情がわからなかった。

「レックス様、もう謝らないでください。レックス様は何も悪くないのですから」

「フィリス……」

レックス様の腕のなかで、顔を見上げてそう言った。

「レックス様、贈り物を開けてもいいですか？」

「もちろんだ。気に入ってくれるといいのだが……」

そう気にしているレックス様は、ちょっと可愛い。不器用な一面を垣間見た気がした。

箱を開けると、入っていたのは大人っぽいシンプルなネックレスだった。

落ち着いたデザインのそれは、いつも身につけられそうで、聖女の恰好のときに着けていても似合いそうだ。

すごく嬉しい。ネックレスはもちろん、それに何よりもレックス様の気持ちが嬉しくてたまらない。

「綺麗です。着けてもいいですか？」

「着けてやろう」

「はい」

レックス様の筋張った男らしい手が伸び、私の首の横を通る。ネックレスは微《かす》かにシャリッと音を立てた。

私の鎖骨には小さな緑の宝石が光る。

「似合いますか？」

「あぁ、似合うよ。綺麗だ」

「嬉しいです」

そのままレックス様の胸にしがみつくように、自分から抱きついた。

はしたないと思われようが、レックス様に抱きつきたかったのだ。本当はずっとこうしたかったのかもしれない。

そして、レックス様は私を受け止めてくれる。

「レックス様。私、レックス様が大好きです。レックス様以外に誰もお慕《した》いしたことがありません。レックス様だけです」

「フィリス、俺もお前が好きだ」

背伸びする私を、レックス様はいつまでも抱きしめていてくれた。

◇◇◇

フィリスの本当の想いを知ってから、数日が経った。

言葉の足りない俺のせいでフィリスを悩ませてしまった。

しかし、自分の思いをはっきりと言葉で伝えると、フィリスも好きだと言ってくれた。

今までの人生でこんなに満たされたことがあるだろうか。

お互いの気持ちを知ってからも、フィリスは赤くなる。それが、ただ照れているだけだともわかってしまった。

その様子はなんとも言えないほど可愛くて、四六時中一緒にいたいくらいだ。

幸せな記憶に想いを馳《は》せていると、扉をノックする音がする。

「レックス様、サイラスをお呼びいたしました」

ロイがそう言って、サイラスを執務室に連れて来てくれた。

この短期間で、ロイとサイラスは意気投合したらしい。お互いを親しく呼び合う仲になっていた。

サイラスは、俺に対してはまだ緊張しているように見えるが……

彼に恋人がいると知っていても、フィリスと再会したときの親密な様子に嫉妬《しっと》してしまい、睨《にら》み付けてしまったからだろう。

「サイラス、呼び出してすまない」

「いえ、本日の仕事は終わりましたので」

ここに来てからのサイラスの真面目な仕事ぶりに好感を持っていた。

だから、決めた。

「サイラス、単刀直入に言う。ガイラルディア王国の人間にならないか？」

彼は目を見開き、それから困惑したように俺を見る。

「俺は、ルイン王国の聖騎士《せいきし》なのですが……」

「サイラスの母方のシュワルベ伯爵家には娘しかいないそうだな。彼女は、別の伯爵家の嫡男《ちゃくなん》と結婚したいそうだ。従兄弟《いとこ》が入婿《いりむこ》する話もあったそうだが、シュワルベ伯爵家の者たちは難色を示しているらしい。そこで、サイラスに後継ぎになってもらいたいとのことだ」

「俺はルイン王国に婚約者を残して来ています。彼女を置いてはいけません」

「それも聞いている。もちろん、婚約者もガイラルディア王国で受け入れよう。旅費も俺が出してやる。すぐに呼べ」

俺がそう言うと、サイラスはとても驚いた様子だった。

俺は、サイラスのことを、使者団の護衛やフィリスから聞いていた。

サイラスの婚約者であるミアは子爵令嬢で、ミアの両親は高位貴族との結婚を望んでいたらしい。

彼は公爵家の生まれであるものの、次男のため爵位を継げない。

だが、サイラスは意外と優秀で、フィリスの筆頭護衛になれば、新たにサイラスに爵位を授けると約束されていたらしい。

現筆頭護衛が引退する三年後には、彼が筆頭護衛となり、爵位を賜《たまわ》る予定だった。

そしてその後に、サイラスとミアは結婚できるはずだった。

だが、ルイン王国が同盟を結んだことによってフィリスがガイラルディア王国に来た。

そのため、結婚の話は宙に浮いたままになってしまったと聞いた。

だが、サイラスもガイラルディア王国に来れば、伯爵位を継げるから、結婚できるはずだ。

突然の提案に、サイラスは何を言おうか模索していた。

「サイラス、ガイラルディア王国の人間になってフィリスの護衛につけ」

「……本気ですか？」

「本気だ。サイラスが結婚したら、ミアという娘をフィリスの上級侍女にしたい。実際の世話はリタとサラがするが、伯爵夫人なら妃《きさき》の上級侍女として申し分ない」

ミアは元々貴族で、将来は伯爵夫人となり、そのうえフィリスの知己《ちき》なら上手くやれるだろう。

そもそもミアは、行儀見習いで城に上がり、フィリスの世話もしていたと聞いている。

「悪い話ではないと思うが、どうだ？」

サイラスは後ろに控えているロイを窺《うかが》うようにチラリと見た。

この話がなかなか信じられないのだろう。

ロイは笑顔で頷《うなず》いていた。彼が反対する理由はない。

「……謹《つつし》んでお受けします」

サイラスは一呼吸おき、承諾した。

◆

レックス様にネックレスをもらってから、数日が経った。

いつの間にかレックス様がサイラスを私の護衛にと決め、ミアまで結婚式に呼んでくれることになっていた。

びっくりしつつも、レックス様の行動力はすごいと感心する。

今日は、ルイン王国の使者団が来てからもう恒例になっている、サイラスと会う約束をした日だ。

テーブルについてお茶を飲むサイラスを、私は少し申し訳ない気持ちで見上げた。

「サイラス、本当に良かったの？　私は嬉しいけれど……」

「ああ。俺にとっても嬉しい話だった。シュワルベ伯爵に話をつけてくださったし、やっとミアと結婚できる。断れない圧力も感じたし……」

サイラスは、私に穏やかに微笑みかけた。そして最後の言葉を引きつったように言った。

「色々あっただろうが、レックス殿下はフィリスを想っているんだから、変なことを考えるなよ。なんか、レックス殿下が可哀想《かわいそう》になってくるぞ」

「わかっているわ。迷惑をかけないようにするもの」

やっぱり、サイラスの存在は大きい。彼のおかげで、レックス様の気持ちがわかって本当に良かった。

レックス様と二人で過ごす時間も増え、着実に結婚の準備も進んでいる。

数日前には、兄上たちもガイラルディア王国に到着した。両家での顔合わせすることになっていたので、私は緊張していた。

挨拶《あいさつ》はつつがなく終えて、そのままお開きになるかと思った、そのとき。

『フィリス以外は一生娶《めと》りません』

レックス様は真剣な顔で、そう宣言をした。

元々は第二妃の予定だった私が、まさかレックス様の唯一の妃《きさき》になるとは思わなかったらしく、兄上たちは大喜びで祝福してくれた。

あのときのレックス様は本当に格好良くて、今思い出してもどきどきする。

思わず頬《ほほ》を緩めていると、それに気づいたサイラスがため息をついた。

「……まあ、フィリスが幸せそうでよかったよ。結婚式、もうすぐだな」

「ええ」

もう少しで、正式にレックス様と結婚できる。

私はその事実に、ずっと胸をときめかせていた。


ついに結婚式当日。

控室では、リタとサラが丁寧に最後の仕上げをしてくれる。

「レックス様とフィリス様のご結婚に国中が沸いておりますよ！」

そう言って二人は、微笑んだ。

一方私は、とても緊張していた。この日を迎えるまで、とても長いようであっという間だった。

控室で話に花を咲かせる二人に耳を傾けていると、兄上二人がやって来た。

「……フィリス、綺麗になった。亡き父上と母上もきっとお喜びだろう」

二番目の兄上が亡き両親を思いだして言う。一番目の兄上も優しく頷《うなず》いてくれた。

「ガイラルディア王国に出発するときとは、全然顔つきが違うな。レックス殿下は大事にしてくださってくれているのだな」

「えぇ、輿《こし》入《い》れが決まったときは、兄上に雑な応援をされて送り出されましたからね。どうしようかと思いました」

「そうだったかな？」

「そうです！　……でも、ガイラルディア王国に来て良かったです」

そう言って笑い合う。家族の温かい空間が広がる。

まさか、あの優しい万年筆の方とレックス様が同一人物だったなんて。

そして、そのレックス様と結婚できるなんて、夢を見ている気さえする。

ひとしきり笑うと、一番目の兄上が私を真剣に見つめた。

「幸せになりなさい」

「……はい」

私は、レックス様に好いてもらうことが幸せなのです。

そう思って、めいっぱいの微笑みを返す。

ジゼル様のことは、私やレックス様が口外しなくても、どこからか漏れて社交界で噂になるのは間違いない。

事実はどうあれ、私はレックス様を奪った女と噂されることもあるだろう。

私はそれに耐えねばならない。

でも、同盟を結ぶための政略結婚と言われようが、見ず知らずの方から侮辱《ぶじょく》されようが、私は一生レックス様のそばにいたい。

今は、強くそう思えた。

やがて、「お時間です」と報《しら》せが来た。

私は兄上二人の後に続くように、控室から大聖堂へと移動した。

純白のウェディングドレスに、長いベール。ガイラルディア王国で一番長いベールだ。

床につくほど長いベールをなびかせながら、大聖堂に入場する。

正装のレックス様は眩しいくらいに素敵だが、また怖い顔だった。

しかし、私を見ると一瞬、表情が崩れたのがわかる。

レックス様は、そのまましばらく私をじっと見つめていた。

……打ち合わせでは、ここは二人で前を見るところでしたよね!?

そう心のなかで叫ぶけれど、レックス様に届くはずもない。

大司教様が決まり文句を言い連ねてるが、全く耳に入らない。それくらい緊張してしまっている。

——そして、レックス様が結婚を誓い、私も一生この人だけだと結婚を誓った。


数時間後。

私とレックス様の初夜の支度《したく》が始まった。

宮に戻ると王妃様の侍女までやって来て、支度《したく》をしてもらう。

「フィリス様、後ろのリボンはほどきやすいように緩めにしておきます」

「背中のリボンは、寝るときには邪魔なのでは？」

私は薄いナイトドレスを着せてくれている侍女に聞いた。

私が今着せてもらっている夜着は可愛らしいけれど、妖精の羽のように長いリボンが背中についている。さすがにこれでは寝にくいのでは……と思ったけれど、リタは当たり前のように言う。

「寝るときにはリボンはありませんよ」

その言葉に含まれた意味を察して、私はカッと顔を熱くした。

そんな私をおいて、リタとサラがニコニコ笑顔で白いナイトドレスを整え終える。王妃様の侍女は「ごゆるりと」と言い、部屋を出て行った。

慣例では、初夜は三日三晩、レックス様の部屋に通わなくてはいけない。お世継ぎを作ることは、私の一番の役目だとわかってはいる。

けれど、結婚式の誓いが初めてのキスだったのだ。

いくら結婚前は純潔を守るのが当然でも、初めてキスをしたその日の夜に純潔がなくなるのはどうなのだろうか。

前もって練習などできるはずもないのだけれど、知識や勉強だけでは補えないこともあるはずだ。

そんな考えとは裏腹に、動悸《どうき》がおさまらない。

そわそわと落ち着かない心地でいるうちに、ついにその時間がやってきてしまった。

これからの三日三晩は、侍女に付き添われてレックス様の部屋に行く。

隣の部屋だから続き部屋の扉を通ればいいと思うけれど、王族には慣例があり、そうはいかない。

一度廊下に出て、私がレックス様の部屋に入る。すると侍女たちは、静かに頭を下げてさがって行った。

「お、お待たせしました」

「フィリス、こちらに来なさい」

レックス様はベッドサイドに座っており、私を見るとそう言った。

近づくと両手を握られる。そのままレックス様の足の間に引き寄せられる。動悸《どうき》で心臓は破裂しそうだった。

「震えているぞ」

「すみません。……私、は、初めてでして」

レックス様は、震えている私を包み込むように抱きしめる。

「無理矢理はしない。結婚を急がせたから、まだ心の準備が整ってないのだろう」

「でも、初夜をしないとお世継ぎが……。慣例で、三日三晩通わないといけませんし、私のお役目が……」

「初夜に必ず懐妊するとは限らない。フィリスを大事にしたいから無理矢理はしない」

本当は、もう少し待って欲しいと思っているのを見透かされているようだ。

それでもお役目は果たさないと……と思っていると、レックス様は真剣な目で私を見る。

「役目だから、フィリスを抱きたいわけではない」

その言葉に心臓が叩かれるように、ドクンと跳ねた。

何も言えない私に、レックス様は少し考え込む。

「……では、こうしよう。まだ手は出さないが、一緒に寝よう。少しずつ慣れればいい」

そう言って、レックス様は私の額《ひたい》や頬《ほほ》に唇を通わせる。

これだけでも、少しおかしな気分になってくる。

「レックス様はそれでいいのですか？」

「今は待とう」

「ありがとうございます。……近いうちには必ず」

熱くなっている顔を見られないようにレックス様の胸にすがる。

そのまま彼に抱き上げられて、ベッドに寝かされた。

初めての添い寝だけで、私の心臓は死にそうなくらい脈打っている。

そんな私に、レックス様は優しく寄り添うように腕を回す。

その温かさで少しずつ安心し、私たちはいつの間にかそのまま眠っていた。


朝になり目が覚めると、レックス様は先に起きていたようで私を見ていた。

目が合ったが、朝から彼の艶顔《えんがん》は私には刺激が強すぎる。

しかも、殿下であるレックス様より遅く起きてしまい、焦《あせ》ってしまう。

「す、すみません！」

慌《あわ》てて両手をついて上半身を起こす。

そのとき急に、レックス様に胸を隠すようにシーツを押しつけられる。

「……っ！　フィリス、胸を隠せ！」

ナイトドレスの後ろのリボンが緩み、ほどけかかっていた。間一髪だった。

声にならない悲鳴が出て、慌《あわ》ててシーツで胸元を押さえて後ろを向く。

大事なところは見られていないはず！

沸騰しそうなくらい顔が熱くなる。恥ずかしさをこらえて、後ろのリボンを結ぼうとするが、落ち着きのない手が震えて上手くいかない。

すると、レックス様の手が触《ふ》れた。

「今結んでやるから」

「すすすっ、すみません。お見苦しいものを見せてしまって……」

ごそごそと後ろでリボンを結ばれていると、うなじにレックス様の唇が触《ふ》れる。

背筋がゾクッとし、急にうなじが熱くなる。こんな感覚は初めてで、自分がおかしくなったとさえ思う。

「あの……レックス様？」

「まだ一晩だが、これでも我慢しているんだ……」

その体勢のまま振り返ると、レックス様は横を向いてしまった。

そして、見てしまった。……あのレックス様の顔が少し赤い！

「が、我慢をしているんですか？」

「……してる」

「あ、明日！　明日には心の準備を整えます！　だから、明日に」

「無理にはいいんだぞ」

「無理ではありません……結婚したのですから」

私には他の方は考えられないし、ちゃんとした夫婦になりたいのです。

恥ずかしくて直接は言えないけれど、そう心のなかで付け加えた。

今日は、パーティーが開《ひら》かれる。

ただ、明日は何も予定はない。レックス様も休暇だから、一日一緒にいられる。

明日一日で、レックス様に慣れよう。彼に我慢を強いるわけにはいかない。

「では、明日を楽しみに待とう」

「頑張ります」

私の返答に微笑んだレックス様に、また唇を重ねられてしまった。

第三章　望まれる王女

私とレックス様の結婚披露パーティーが、昼から始まる。

控室で支度《したく》を済ませ、時間がくるのを待っていると、ロイがやって来た。

「フィリス様、レックス様からお通しするようにと言われまして、お客人をお連れしました」

客人と言われても心当たりはない。

レックス様が引き合わせたい貴族の方かしらと思っていると、扉から入って来たのは、なんとミアだった。

「フィリス様！　お会いしたかったです！」

彼女は涙目だった。

私も嬉しさと感動で、思いが溢れてしまう。

パーティー用のドレスを着ているため、小走りでも足を取られるけれど、思わず駆け寄る。私より少し背の高いミアに思いっきり抱きつくと、ミアは抱き返してくれた。

「サイラスから色々聞いて心配しました。ご苦労なさったそうですね」

「会えて嬉しいわ、ミア。……とっても会いたかった」

お互いに泣きながら微笑む。

ふと疑問が浮かび、私は微笑ましく見ているロイに尋ねる。

「ロイ、レックス様がミアを通してくれたの？」

「はい。結婚式ではフィリス様がお忙しかったため、ミア様とお会いできなかったとお伺いしました。そこでレックス様が、お二人がぜひお会いできるようにと取り計らってくださったのです」

レックス様の気遣いが嬉しい。正直、意味のわからない花束が届いていたことより嬉しかったかもしれない。

さらにミアが、私の上級侍女になってくれると聞いて、驚く。

準備ができ次第、ガイラルディア王国に来てくれるのだという。

「ミアのご実家は賛成なの？」

「ええ、国は違えど悪い話ではありません。サイラスとのお付き合いは前から認めてくれていましたし、子爵令嬢が伯爵夫人になり、さらには妃殿下の上級侍女になるのです。それで、父は大喜びです。フィリス様に仕えるなら問題ないと話していました」

嬉しそうに話すミアを見て、私はホッとした。

「では、すぐにサイラスと結婚ね。楽しみだわ」

「まぁ、フィリス様ったら」

ミアはクスクスッと照れ笑いをする。

二人で和《なご》やかに話していると、レックス様が迎えに来た。

「レックス様、ミアと会わせてくださってありがとうございます」

「嬉しいか？」

「はい！」

「それは、良かった」

レックス様は、上機嫌《じょうきげん》で少し笑ってくれた。

こんな素敵な方が、私の夫。

今日のレックス様の正装姿も素敵で、思わず見惚《みと》れてしまう。

名残惜《お》しいけれどミアとはここで別れ、レックス様のエスコートで会場へと向かった。

今日のパーティーは堅苦しいものではない。

昨日の結婚式で挨拶《あいさつ》ができなかった貴族の方々が、順番にやって来るというものだ。

王族としての笑い方や仕草など、覚えることがたくさんあるのだが、このときばかりは王族として育った私の経験が役に立ったと感じる。

レックス様の隣に立つのに相応《ふさわ》しい王女だと思いたい。

一通り挨拶《あいさつ》が終わったので座ろうとするが、ソファーの配置に違和感を覚える。

両陛下が座るソファーと、私とレックス様が座るソファーは隣に並んで置かれるはずだ。

しかし、その二つのソファーは、ホールを真ん中にして離れていた。

「レックス様、ソファーの位置をお変えになったのですか？」

疑問に思い聞いてみる。

レックス様を見ると、ホールの向こう側のソファーに座る王妃様と睨《にら》み合っているようだった。

王妃様が、ふと私のほうを見た。目が合うと微笑んでくれる。

そんな私たちを見て、レックス様は眉根《まゆね》を寄せる。

「……母上が、フィリスと座ると言うからソファーを離した」

「私は王妃様とご一緒でも大丈夫ですよ」

「ダメだ！　そしたら俺は、父上と二人掛けのソファーに座ることになるのだぞ。なぜ、せっかくのパーティーで俺が父上と寄り添って座らねばならんのだ。嫌だ、絶対に嫌だ！」

確かに、陛下も背が高く、レックス様もがっしりとして大きい。大の大人の男が二人掛けのソファーでくっついて座っているとちょっとおかしい。

どうやら王妃様は、レックス様に私と引き離されたことで、さっきから彼を睨《にら》んでいるらしい。

お互いを睨《にら》み合っているお二人の姿は、似ていると思ってしまった。

終始二人は睨《にら》み合っていたようだったが、パーティー自体はとても和《なご》やかで、お祝いムード一色だった。

無事にパーティーが終わり、夜になる。

私とレックス様は、サロンで穏やかにお茶を飲んでいた。

すると、宮に急遽騎士がやって来たとの報告が入る。何かの報《しら》せらしい。

急いで報告を聞きに行ったレックス様が、サロンに戻って来ると、彼は厳しい顔をしていた。

私は不安を感じる。

「悪い報《しら》せですか？」

「南の森の結界が弱まり、大型の魔獣が出たらしい。騎士団が出発したと報告が来た。被害が出る前に、怪我人が出たときの準備をしなければいけない」

レックス様は、被害が出る前に南の森周辺の保護に当たると言って城へ行った。

こんな急な知らせでも、即座に判断し、動き始めるレックス様は、立派で将来は良い王になられるのだろう。

宮に残った私は、レックス様と入れ違いでやって来たロイに尋ねる。

「ロイ、レックス様は、本当はご自分で行きたいのでしょうか？」

「いつもならすぐに行きます。部下たちが傷つくのを何よりも嫌がり、自分が率先して戦いに出る方ですから。けれど、結婚したばかりですので、今回は行かないと思いますよ」

私を気にしてレックス様が森に行けないのは気が引ける。

私はレックス様を縛りたいのではない。

レックス様は腕が立つし、西の森のときでは、一番強かったのは間違いない。それに、私だって後方支援ならできる。私も役に立てるはずだと思った。

しばらくすると、サイラスが私の護衛として、心配して宮に来てくれた。

私たちはレックス様が城から戻るのを、ただ静かに待った。

夜更《よふ》けに、レックス様は城から帰って来た。

その表情は何か思うところがあるようで、やはり森に行きたいようだ。

「レックス様、私のことなど気にせずに、どうか行ってください。力があるなら使うべきです」

「しかし、結婚してすぐにお前を残して行くのは……」

瞳を揺らして迷っている様子のレックス様に、私はキッパリと告げる。

「私を理由に行かないのは、民への裏切りです。私と国を比べてはなりません。私たちは民や国に尽くす義務があるのです」

私の言葉にレックス様は少し驚いた表情をした。

その場にいたロイと、レックス様と一緒に帰って来たトーマスもびっくりしている。

やがてレックス様は、丸くしていた目を柔らかく細めた。

「……フィリス、お前はやはり妃《きさき》なのだな」

「……？　結婚しましたから」

「そうだが、そういう意味ではないのだ」

そしてレックス様は、決意を固めたようで、いつもの引き締まった顔になった。

「すぐに出発する。ロイ、騎士たちを門に集合させろ！　トーマス、支度《したく》を！」

「「はっ!!」」

レックス様は、毅然《きぜん》とした態度で二人に伝える。

私も、レックス様を見つめて立ち上がった。

「レックス様、私もご一緒させてください。聖光術《せいこうじゅつ》が使えるサイラスもお役に立ちます。ぜひ私とサイラスも加えてください」

レックス様は、まさか私も行くと言うとは、思いもよらなかったらしい。

ふたたび驚いた表情をしたあと、首を横に振る。

「フィリスは連れては行かない。危険だ。宮で待っていてくれ。すぐに終わらせて帰る。見送ってくれるな？」

「……わかりました」

本当は行きたい。でも、出発の時刻が迫るレックス様を困らせたくない。

レックス様は戦に出るような方だからか、支度《したく》も慣れたものであっという間に済ませた。そして、宮の門には出発の準備がすでに整っていた。

見送るために宮の門に着くと、そこにはレックス様の愛馬ゲイルさんと、レックス様の大きな剣、数人の騎士たちが並んでいた。

「レックス様、お気をつけてください。どうか、怪我のないように」

「怪我はしても死にはせん」

怪我をすることは前提ですか。なんだか心配になってきた。

やはり、もっと強くお願いして、私も行かせてもらうべきでは？　と下を向いて考えていると、レックス様の手が頬《ほほ》に添えられた。

そして、レックス様が、少し屈んだ。

ロイは何か気づいたように後ろを向いた。サイラスも騎士たちもロイに倣《なら》う。

私は急にどうしたのかしらと思っていると、レックス様に唇を塞がれてしまう。

「……っん」

誓いのキスよりも、深いキスに声が出そうで、思考が止まってしまう。

「すぐに帰って来る」

彼は唇を離すとそう言って、額《ひたい》同士をコツンとくっつける。

「はい」

私は照れながらも、力強く返事した。

「ロイ、サイラス。フィリスを頼むぞ」

「かしこまりました」」

レックス様は、「待っていてくれ」と言って、騎士たちとともに出発した。

私はずっとレックス様の後ろ姿が見えなくなるまで見送っていた。


レックス様が出発して、二日後。

「ロイ、レックス様から何か連絡はないですか？」

「まだありません」

今日三度目の同じ会話に、ロイは困り顔になってしまった。

「フィリス様、レックス様は相当の腕前ですし、国でも有数の猛者《もさ》ですよ。心配はいりません」

「でも、お怪我をされたら」

「他人を優先するような方ですから、私としても心配ではございますが……。しかし、報《しら》せがないのは大丈夫ということです」

ロイは今までのレックス様を知っているから、彼のことをよくわかっている。レックス様は大丈夫だと信用しているようだ。

それでも、私は心配だった。やはり私も森に行って、何か役に立ちたい。

だが、ロイに私も行きたいと願っても、決して行かせてはくれない。『部屋でゆっくりお休みください』と帰されてしまった。

今度はサイラスが部屋に来て、私を諭《さと》す。

「フィリス、ロイさんが困っているだろう。もうすぐしたらミアも来るし、大人しくしといたほうが……」

「行くわよ、サイラス」

私はサイラスの言葉を遮《さえぎ》る。

「は？」

私の発言が予想と違っていたのか、サイラスは変な声を出した。

「私とサイラスなら大丈夫よ」

レックス様は自分よりも他人を優先する。

初めて会ったあの砦《とりで》で、彼は怪我をしていた。

あのときは王子とわからなかったから気づかなかったけれど今ならわかる。一国の王子が、あんな血のついた包帯のままでいるなんておかしいと。

西の森のときにも、自分よりも護衛騎士たちの怪我の回復を優先していた。

ロイが言った通り、レックス様は他人を優先して、自分の怪我は何でもないときっと隠す。今も本当は痛いのに、隠して耐えているのかもしれない。

支度《したく》を始めようとする私に、サイラスは声を荒らげる。

「ロイさんに止められただろ！」

「大丈夫よ！　こっそり抜け出して行くわ。ルイン王国でも二人で抜け出していたじゃない！」

ルイン王国でも、城の警備をかいくぐり、庭や城下にサイラスと二人で出ていた。あのときみたいにこっそり行けばいいと思った。

でも、当時は一緒に来てくれたサイラスは、今は激しく首を横に振る。

「全然大丈夫じゃない！　あのときは危険がなかったからだ。城下だって城のほんの近くだった。今のフィリスは妃殿下だ。立場が違うだろ！」

「なら一人で行くわ。待っているだけは嫌なの！」

全く譲らない私に、サイラスはため息をつく。

「そんなにレックス様に会いたいのか？　レックス様は、強い方だと有名だぞ。大丈夫じゃないのか？」

いつもは優しいサイラスだけれど、今回は怒《いか》り気味で、本当に来てくれないかもしれない。

それでも私の意志は揺らがない。

「……会いたいわ。レックス様が強いからといって、全く怪我をしないわけじゃないわ」

サイラスの目をまっすぐ見て、助けを求めるように伝える。

「……一緒に来てくれないの？」

すると、サイラスは諦めたように目を伏せた。

「……フィリスは一人で馬に乗れないだろ！　俺がクビになったらフィリスのせいだからな！」

「一緒に謝るわ」

私の必死の思いがサイラスに伝わったらしい。

サイラスは早足で部屋の扉へ向かう。

「馬を借りて来るから、厩舎《きゅうしゃ》で待ち合わせしよう」

「ありがとう、サイラス！　すぐに行くわ！」

急いで白いローブに着替え、杖を持つ。いよいよ出発だ。

部屋から抜け出そうとしたところで、ちょうどリタがお茶を持って来た。

「フィリス様、お茶をお持ちしました」

予想外の出来事に、私は体を跳ねさせる。

「私、お茶なんて頼んだかしら？」

「ロイ様に持って行くように言われたのですが……あの、どこかへ行かれるのですか？」

こんなときまで気を利かせるなんて……ロイは優秀すぎる！

白いローブに杖を持った私を見て、リタは不審がる。

「せ、聖女の格好がしたくなって」

とっさに出てきたのは、そんな苦しい言い訳だった。

「……フィリス様、バレバレですわ」

リタは呆《あき》れたように肩をすくめた。

すみません。言い訳は苦手です。仕方なく観念して、リタに言う。

「宮から出たいのです」

「ま、まさか、レックス様がいないのをチャンスだと思って逃げる気ですか!? ジゼル様やリンジーたちの嫌がらせのこととか、レックス様がジゼル様を選んでいたこととか色々聞きましたけれど、今はフィリス様だけですから……! もっと早く私が来ていれば、リンジーたちをひっぱたいてやったのに!!」

リタは、クッと拳《こぶし》を握りしめる。

どうやら、私が宮に嫌気が差して逃げるのでは、という妄想を繰り広げてしまったらしい。

それに、ひっぱたくって……リンジーたちとどんな喧嘩をしていたのか。

「違うのよ、リンジーたちは関係ないのよ!?」

「ま、ま、まさかレックス様が無理矢理!? 嫌がるフィリス様を……!?」

今度は、私がレックス様に無理矢理、手込めにされたという妄想がひろがってしまった。

止めて！ その妄想は止めて！

「ち、違います!! リタ、少し落ち着いて！」

「フィリス様、お待ちください！ ロイ様ーー！」

「リタ!?」

リタは私の制止も聞かず、廊下に飛び出してしまった！　ロイが廊下にいる。この格好のままでは、こっそり宮を出ようとしているのがバレてしまう！

「リタ、廊下を走るなんて、なんてことを！」

ロイ、そうだけどそうじゃないの⁉

「ロイ様、大変です！　嫌がるフィリス様に、レックス様が獣《けもの》のように襲いかかって来たそうで、フィリス様が逃げようとしています！　フィリス様を止めてください！」

「なんてことを！　本当ですか⁉」

「きっと逃げたいくらい初夜が激しすぎたのですわ‼」

別の意味で逃げたい！　そもそも、まだ体は重ねていません！

リタは勘違いしたまま、ロイにそう伝えてしまう。

なんだかちょっとずつおかしい会話が、部屋のすぐ外で繰り広げられている。

「フィリス様、お考え直しください！」

すると、ロイまでリタと一緒に部屋に飛び込んで来た。

「お二人とも全く違います‼」

リタの妄想を解くためには本当のことを言うしかなかった。そして、私は必死で訴えた。

レックス様は獣《けもの》のように襲いかかっていないと‼

懸命な説明により、なんとか誤解は解けたけれど、リタとロイからじとりとした目で見られる。

一体レックス様と私をどう見ているのだろうか。

初夜をまだ済ませてないと知られたら、この二人なら何か仕込んできそうなくらい怖い。

おかしなコンビを組まないで欲しい。

それに、一番の問題は、こっそり出ようとしたのが全てバレてしまったことだ。

ロイは眉をひそめて、私を見る。

「どうしても行きたいのですか？」

「止めたとしても行きます」

これだけは譲れない。

その思いを感じ取ってくれたのか、やがてロイが折れた。

「……わかりました。俺もご一緒します」

「ありがとうございます。でも、サイラスと二人で大丈夫ですよ」

「逃げられては困りますし、何かあれば大変です」

「逃げません。レックス様にお会いしたいのですから」

結局、私とサイラス、さらにロイの三人で行くことが決定した。

私がロイとリタと一緒に、厩舎《きゅうしゃ》に向かうと、サイラスはバツが悪そうに見ている。

「フィリス、バレたのか？」

「バレたわ。でもロイと一緒にという条件で行けることになったから、大丈夫よ」

サイラスを完全に巻き込んでしまった私は、申し訳なく思いながらもそう答える。

「サイラス、悪いようにはしませんから、次からはまずは俺に相談してください」

ロイは、呆《あき》れた口調で告げた。

「はい、すみません」

「ロイ、私からも謝ります。すみません」

二人で一緒に謝り、馬を出す。見送りに来たリタは、心配そうだ。

「フィリス様、どうかお気をつけてください。今から行けばきっと一泊することになります。……もしレックス様が激しいようで獣《けもの》みたいになれば、優しくしてくださいと上目遣いで言ってくださ い。フィリス様がすればレックス様には効きます」

「そ、そうですか。精進します」

別に初夜が忘れられなくて行くのではない。そもそも、私たちは初夜をしていません！　それに、魔獣退治に行った先で初夜なんてしません！

リタの「お気をつけてください」は、魔獣になのか、レックス様に対してなのか全くわからない。

そして、私はサイラスと二人乗りで、ロイとともに南の森へと急いで向かう。

「フィリス様ーー！　お気をつけてくださいーー！」

妄想がとまらないリタは、大声で見送ってくれた。

すでに日も落ちて暗いなか、馬を走らせ、ようやく南の森の入り口に着いた。

付近の村には人の姿も気配もすでになかったから、騎士団が避難をさせたのだろう。レックス様の迅速な行動のおかげか、村に被害が出ているようには見えなかった。

そのまま、私たちは止まらずに森のなかに突入する。森のなかが、異常にざわざわしているのがわかった。獣《けもの》の雄叫《おたけ》びが聞こえてくる。

私はその様子にハッとする。

「サイラス！　森がざわついているのに、魔獣や動物がいないわ！」

「きっとレックス様たちと戦闘中なんだ！　急ぐぞ！」

「お願いサイラス！」

レックス様に何かあればどうしましょう⁉

私は落ちないように、サイラスにしがみついた。馬はものすごい勢いで駆ける。

レックス様が心配でたまらない。手に力が入る。

森の奥からは、魔獣の野太い雄叫《おたけ》びが耳をつく。奥に進むにつれて、木々が倒れ傷ついているのが目に入った。相当荒々しく魔獣退治をしているようだ。

魔獣退治は、だいたい一日あれば終えることができる。

しかしここまで魔獣退治が続くなんて、かなりの大型の魔獣であると予想される。

倒れた樹々の間を走り抜けレックス様に近づいていると思うと、緊張が走る。早くいかなければ、と気も高ぶる。

「ロイさん、戦闘に入ります。離れてください！」

サイラスが、馬一つ分後ろにいるロイに叫んだ。

「俺は適当にかわしますから、気にせずに行ってください。サイラス、フィリス様を必ずお守りしてください」

「はっ！　必ず!!」

聖騎士《せいきし》らしくサイラスは返事をする。

ロイは難なくサイラスの馬について来ている。王宮執事だと言っていたけれど、馬術にも通じているようだ。

サイラスの馬に乗っている私のほうが、振り落とされないように必死だ。

けれど、どんなに怖くても、早くレックス様の力になりたかった。

「フィリス、落ちるなよ！」

「絶対落ちないわ！」

サイラスは私に声をかけたあと、腰の剣を抜いて、進行方向に目を凝らす。

すると、樹々の間から、獅子のような体に漆黒の翼が生えている大型魔獣の姿を捉《とら》えた。

私はその魔獣に対峙《たいじ》している人を見て、声をあげた。

「サイラス、レックス様がいたわ!!」

レックス様たちが、魔獣に立ち向かっている。

聖女たちがこの一帯に結界を張り、魔獣を逃がさないようにしているようだ。

「行くぞ!!」

サイラスは聖光術《せいこうじゅつ》を発動させるため、剣を持つ腕を伸ばす。

サイラスの聖光術《せいこうじゅつ》は雷のような光だ。聖騎士《せいきし》の使う光の術は、元素は光なのに使い手によって形状が変わる。

そして剣が雷を集めたようにビリビリッと光った。

「――走れ、雷光!!」

サイラスが地面に向かって半月を描くように剣を振ると、雷のような光が地面を走った。

雷光は樹々をなぎ倒し、そのまま魔獣に命中する。

そして、それに続くように、私とサイラスはレックス様たちの前に飛び出した。

「レックス様ーー!!」

「フィリス!?」

レックス様は血まみれで、鎧《よろい》も傷つき、一部は破壊されている。そして、私の出現に驚いている。

私とサイラスが乗って来た馬は、魔獣を前に興奮気味だ。サイラスは馬が暴れないように手綱《たづな》を引き、抑えている。

「サイラス、降ろして！」

「ちょっと待て、今降ろすから！」

サイラスの制止を聞かずに馬上から慌《あわ》てて降りようとすると、不安定な体勢になる。

そのとき、急に体を持ち上げられる。

「フィリス、なぜここにいる!?」

「レックス様、私……連絡がないから心配だったのです」

レックス様は迫力ある怖い顔で、私に向かって怒鳴《どな》った。

でも、怒っているわけではないとわかる。レックス様に抱きしめられると、添えた手に血がどろりと付着する。呼吸も乱れている。

「レックス様、血まみれではないですか！　すぐに癒します！」

「俺はいい」

「ダ、ダメです！　今、癒しを！」

やはり西の森のときと同じだった。レックス様の許可を取っていたら、いつまでも治癒できない。

密着した体を離さないように、そのまま癒しの術をかけた。

レックス様は、癒しの白い光のなかで、ギュウッと私を抱きしめている。

それもつかの間。魔獣の叫び声と騎士たちの叫び声で、レックス様はハッとした。

「フィリス、癒しはもういい」

そう言って私を解放する。

魔獣は漆黒の翼を羽ばたかせて、空から騎士たちを襲っている。

すでにサイラスは、光の聖術を使いながら帯電させた剣を振るい、魔獣退治に加わっている。

「魔獣が空を……」

「なんとか、あいつを結界に閉じ込めることに成功はした。ただ、空を飛ぶからとどめがさせず少々苦戦している」

レックス様は、そう手短に状況を説明してくれる。でも、全く少々の苦戦には見えない！　魔獣が空に逃げないのは、聖女たちが代わる代わる魔獣を閉じ込めるために結界を張り続けているからだろう。しかし、この魔獣は魔獣除けの結界をわざわざ乗り越えて来た。閉じ込めるための結界だって気を抜くことはできない。

あれくらいの大型魔獣だと、何度かぶつかられたら結界は壊れてしまう。壊される前に、結界を張り直さなければ守り切れない。

だが、私たち聖女の力は無限ではない。交代で張るにしてもかなりの疲労が予想される。それに結界を張り続けているからか、ここにいる騎士たちの回復も追いついていないようだ。

私は心配になりながら空を見上げていると、ふとあることに気づいた。

レックス様も、魔獣とサイラスたちが戦っている様子を観察しているように見ている。

「あの魔獣……なんか怒っていませんか？」

「確かにさっきよりも怒っているような気が……。……サイラスか！　あの雷はサイラスか!?」

レックス様はそれにハッとした。

魔獣は聖光術《せいこうじゅつ》に怒ったのか、サイラスを狙って急下降している。

サイラスは、苦労しながらもそれを上手くかわしている。意外と素早い。

辺りには騎士団が使った矢の残骸が散らばっている。この魔獣には、矢が刺さりきらなかったようで魔獣に致命傷を負わせることができなかったようだ。

でも、サイラスの聖光術《せいこうじゅつ》は明らかに魔獣に効いている。

私にとっては、聖光術《せいこうじゅつ》は当たり前だったが、慌《あわ》てて返事をした。

「は、はい！　サイラスの聖光術《せいこうじゅつ》は雷のようなものみたいで……」

「いけるかもしれん！　……サイラス、術はまだ使えるか⁉　魔獣の翼に雷を落とすんだ！」

「はい‼　立ち昇れ、閃雷《せんらい》‼」

サイラスが剣を地面に突き刺すと、雷のような光が天に向かって立ち昇る。

その雷は、魔獣の翼に直撃した。

だが、魔獣が大人しくしているわけがない。しびれて上手く飛べなくなりながらも、サイラスに向かってふたたび突っ込んで来る。やはり、魔獣にとってサイラスが邪魔らしい。

レックス様は、低く飛ぶ魔獣を仕留めようと大剣をかまえるが、完治していない傷からまた血が噴き出した。

私は思わず声をあげる。

「レックス様、まだお怪我が⁉」

「サイラスのおかげで勝機が見えた。この機は逃せん！」

そう言ってレックス様は魔獣に向かって行く。レックス様は臣下の前で決して弱音を吐かない方だ。

早く魔獣退治を終わらせなければ、と焦《あせ》る。一緒に来た騎士たちにはすでに重傷者もいる。私も役に立たなくてはと、急いで怪我人の治癒に回った。

「妃殿下、ありがとうございます」

「大丈夫ですよ、すぐに回復しますよ」

倒れている騎士たちに癒しの術をかけていると、妃殿下の私に癒されていることに恐縮しているようだ。その姿にルイン王国でのことを思い出す。

騎士たちが、王女だと知って気を遣わないように、よくフィルという偽名で聖女の務めをしていた。

そして、レックス様に出会った。

王女と知らないときから、私を好きになってくれていた。

やっぱり私は、レックス様の力になりたい。

次々に癒しの術をかけていると、一人の騎士が話す。

「レックス殿下のおかげで、森の外の被害は抑えられました。殿下がここまで魔獣を抑え、何とか結界のなかに閉じ込めることに成功したのです」

「聖女は何人で結界を？」

「五人がかりです。魔獣の近くで結界を張ると襲われる危険性があるので、姿が見えないように少し離れたところにいます」

確かに、魔獣に襲われたら結界を張るどころじゃない。

だが離れた場所だと、結界は広がってしまい魔獣が動き回るほどの広さの結界になる。

あの大型魔獣相手なら、聖女たちを守りながら戦うのは限界があるから、仕方がないこと。

サイラスの雷光で魔獣の翼を落としたいのだろうけれど……足止めをしないとサイラスの雷光も

命中しない。一度や二度命中するだけでも、掠るぐらいでもダメなのだ。それに、早く何とかしないとこのままではレックス様もみんなも死んでしまう。

魔獣の近くで、より小さい結界を張るしかない。

「魔獣に結界が効くなら、私も力になれるはず。レックス様、私が魔獣を抑えます！」

杖を握りしめ立ち上がり、魔獣を斬りつけているレックス様に叫んだ。

「フィリス!?」

レックス様の返答を待たず、目を閉じ集中する。

その間、私は無防備になる。襲われれば、ひとたまりもないだろう。

私の耳に魔獣の甲高い声が響く。血のにおいもする。

けれど、レックス様が必ず守ってくださると確信していた。

魔獣を檻に閉じ込めるイメージを浮かべる。

その結界のなかでサイラスの雷光が放たれれば、必ず命中する。

より強い結界を張るため、祈りに集中する。

やがて、白い光が魔獣の周りに広がった。

瞼《まぶた》を開けば、私が描いた光の円のなかに魔獣を閉じ込めるように、レックス様たちが傷だらけになりながら、魔獣を抑えている。

レックス様は、魔獣の周りに広がった光の円を確認するように見て、叫んだ。

「光の円から離れろ！」

それを合図に、私は聖光術《せいこうじゅつ》を込めて結界を発動させる。

その瞬間、結界の檻に魔獣は閉じ込められた。

しかし、魔獣はすぐさま出ようと、檻を破壊しようと激しく暴れている。

結界が破られて飛んで逃げられる前に、私は叫んだ。

「サイラス!!」

「――落ちろ、雷光閃《らいこうせん》!!」

サイラスは結界の周りから騎士が下がったのを確認し、一気に魔獣の翼に雷を落とした。

結界に閉じ込められた魔獣は雷光を避《よ》けることができず、恐ろしい叫び声をあげる。魔獣にサイラスの雷光は効いている。特に、魔獣の翼は大ダメージを与えられる。サイラスの雷光を空から落とされると飛んで逃げることもできない。魔獣の大きさ程しかない結界に閉じ込められた魔獣は雷光を避《よ》けることもできず、結界のなかで、雷がバリバリとほとばしっている。

でも、聖女五人がかりの結界でやっと抑えられている大型魔獣を、私一人の結界でそう長くは抑えられない。

魔獣の雄叫《おたけ》びは、恐怖をあおり続ける。

魔獣は結界のなかに閉じ込めた私に、怒《いか》りをぶつけている様子だ。結界を破ったら、すぐさま私を襲うだろう。

私は結界を保つために、必死で力を込める。

……だけど、だんだんと力がなくなっていく。

魔獣は雄叫《おたけ》びをあげ、結界の外に出ようとしている。

「レックス様、お下がりください!!」

騎士団長が、魔獣と私の間に立ちはだかるレックス様に下がるように懇願《こんがん》する。

でも、レックス様は動かない。

「フィリスに、指一本も触《ふ》れさせん！」

そう言って、レックス様は大剣をかまえた。

「魔獣の頭が出るぞ！　妃殿下をお守りするんだ！」

騎士団長がそう叫ぶと、動ける騎士の方々が私の周りを固め始めた。

魔獣は、バリバリと音を立てて力任せに結界から出ようとしている。

だが、まだ体の半分は結界に捕らえられ、自由には動けない。

魔獣の首まで出てきたところで、レックス様が動いた。

「これで終わりだ！」

レックス様は勢いよく飛び上がると、結界の外に出た魔獣の首を落とすように大剣を振り下ろした。

そして、血飛沫《ちしぶき》が上がり魔獣の首が落ちた。

魔獣は断末魔とともに絶命したのだ。

「動けない重傷者から治癒に当たれ！」

魔獣が動かないことを確認したレックス様は、真っ直ぐに私の方に向かいながら、すぐに指示を出した。

私が彼に急いで駆け寄ると傍らに抱き寄せてくれる。

「レックス様、すぐに癒しを！」

「俺は最後で大丈夫だ」

「ダメです、レックス様も重傷です！」

体中傷だらけで、どうして立っていられるのか不思議に思うほどなのに、この期《ご》に及んで自分は後回しでいいと主張するなんて……

レックス様、世の中には痛覚《つうかく》というものがあるのです。ちゃんと機能していますかと言いたい。

今はレックス様が何と言おうと、私は必死にしがみついて癒しの術をかけた。

「せめて血が止まるまでは、癒しを止めません！」

「フィリス……」

レックス様はそんな私を、戸惑《とまど》うように見る。

するとサイラスが、私たちを見て、フォローするように言った。

「レックス様、観念された方がいいですよ。フィリスは意外と頑固なところがあるんです」

「そのようだな」

癒している間、レックス様は腕に閉じ込めるように両手に力を入れ私を抱きしめている。そして、耳元で囁《ささや》く。

「フィリス、来てくれてありがとう」

「はい。レックス様が、ご無事で良かったです」

怪我を負ってはいるけれど、無事で良かったと思った。心臓の音すら安心する。

治癒がある程度終わると、頃合いを見計らったように騎士団長がやってきた。

「フィリス妃殿下、騎士団を代表してお礼を申し上げます。それにレックス殿下を癒していただき、感謝いたします。あの状態ですぐに癒そうとしなかったので、内心ひやひやしておりまして、本当に助かりました」

騎士団長は胸を撫《な》で下ろしていた。彼は続いてレックス様のほうを向く。

「現在、ロイを中心に動ける者たちで天幕を張っています。もうしばしお待ちください。そして、重傷者と聖女たちを治療院に連れて行くための馬車の準備ができました」

森の中央にある石造りの祭壇《さいだん》を見ると、その周りには天幕がいくつも張られていっている。魔獣退治の間に、ロイがすぐに野営ができるように準備していたらしい。

労《ねぎら》いの言葉をかけるためにレックス様と一緒に、重傷者たちが馬車に乗り込むところに行く。

聖女たちは長時間聖力を使っていたから、目に見えるほど疲労している。

「よくやってくれた。みな、礼を言う」

私もレックス様に倣《なら》って労《ねぎら》いの言葉をかける。

「みなさまの力があったからこそ、今回の魔獣退治は成功しました。感謝申し上げます」

「フィリス妃殿下が聖力をお持ちだとは伺っておりましたが、まさか第一線で魔獣退治に参加されるとは思いませんでした。とても感銘を受けました。フィリス妃殿下の姿を見て、私たちも最後まで頑張ろうと思えたのです」

聖女の方が、微笑みながらそう答えてくれた。そして、馬車に乗り込んで行く。

レックス様は、重傷者たちを移送する騎士に指示を出す。

「それと、毒薬はもう必要なくなった、と伝えてくれ」

「かしこまりました。すぐにご連絡いたします」

何台もの馬車を見送った後に、私はレックス様に尋ねた。

「……毒薬ですか？」

「俺たちは、術が使えないからな。だから、あの魔獣に効くぐらい強力な毒薬を急遽作らせていた」

私はその破天荒な作戦に、思わず目を見開いた。

「魔獣が素直に飲みますかね？」

「あまり気は進まんが大剣に塗るつもりだった。それを使わずに済んだのは、フィリスとサイラスのおかげだ。感謝している」

確かに、毒薬には腐食を進ませる成分があるから、大剣に使いたくなかったのは納得がいく。

ただその毒薬が完成する前に、私とサイラスが飛び出して来たということらしい。

「使わずに倒せてよかったです」

「サイラスには、後で褒美をやろう」

「はい。きっと喜びます」

レックス様はそう言ってくれたけれど、すごいのはレックス様たちだ。

あの恐ろしい魔獣と対峙《たいじ》して、死者を出さずに抑え続けることは並大抵のことではない。

「ではそろそろ、天幕にもどるか」

「はい」

レックス様に肩を抱かれて、私は用意された一番奥の天幕に連れて行かれた。


夜営のための天幕を張り終えた頃、この一角を守るように魔除けのかがり火が灯《とも》された。残った騎士たちは焚火を囲《かこ》いはじめている。レックス様は私をかたわらに抱き寄せたまま、通り過ぎ、天幕へと直行した。

「レックス様、食事はロイが持って来てくれるようですよ。それまで、もう少し癒しをかけま……」

言い終わる前に、レックス様は私を無言で抱きしめ、頬《ほほ》にキスする。

ずっと会えなかった恋人にするみたいにされて、何だか申し訳なくなった。

「レックス様、待てずに追いかけて来てすみません」

「いや、俺も会いたかった」

「本当ですか？」

「本当だ。まさか追って来るとは思わなかった。大人しく宮で待っているものだと……。まぁ、誰も俺を待ってくれないのだなとは思ったが」

「す、すみません……！」

申し訳なくなって俯《うつむ》くと、レックス様はムッとしながら、項垂《うなだ》れた。

「どうしてジゼルもフィリスも大人しく待っていてくれないのか。……だが、それでもフィリスが駆けつけてくれたことは嬉しかった」

「私はレックス様のそばがいいのです。待つのは嫌です……。一緒に行けるときは連れて行ってください。決して足手まといにはなりませんから」

自分でも、宮を抜け出して魔獣退治に来るという大胆な行動に驚いている。

そしてやっぱり待ってないことは根に持ってないですか⁉

待っていると思っていたジゼル様は、本当は待っていなくて、私は待ちきれず追いかけて来ましたからね！　すみません！

「と、とにかく傷をもっと癒します！」

ちょっとバツが悪くなった私に、レックス様はクスリと笑みをこぼした。

傷を癒すためにレックス様には上半身裸になってもらい、簡易ベッドに座ってもらう。恥ずかしくなりながらも見ると、上肢や体幹は傷だらけだ。

「痛そうです……」と呟《つぶや》きながら癒しをかけていると、レックス様は疼痛《とうつう》なんかおかまいなしにくっついてくる。

「レックス様、落ち着いて癒せません」

「癒しはもう、どうでもいいのだが」

「痛くないのですか？　……その痛覚《つうかく》は？」

「痛覚《つうかく》ぐらいある！　……が、戦《いくさ》に出ると気は高ぶるものだ」

気が高ぶり、痛覚《つうかく》に勝ってしまっているようだ。

レックス様が迫って来て、強い力で抱き寄せられ、体が密着する。

唇も塞がれて息もできなくなりそうだ。

「レ、レックス様。私は癒しが済めば下がりますので、どうかお休みください」

「フィリスはここだ。朝まで離すつもりはない」

ま、まさか、こんな所で初夜をするつもりじゃないですよね!?

天幕のなかとはいえ、こんな衆人環視のなかで初夜なんて、私には絶対に無理です。

レックス様を押し戻そうと必死で胸板を押すが、ビクともしない。そのまま私の名前を甘く囁《ささや》きながら、腰に手を添えられて簡易ベッドに押し倒されると、出発するときにリタが言った変なことが思い出され、余計に意識してしまう。

彼の顔を見ると、どこか艶顔《えんがん》で食べられそうなくらい見つめてくる。

止まらないレックス様に、明日には初夜をすると言ったけれどまさかこの夜営の天幕のなかでする気なのかと逃げたくなった。

「……っん！　レックス様っ、待ってっ……」

食べられるように、ふたたび唇を重ねられる。

「お前にはいつも助けられているな。お前が本当に大事だ」

「……そ、そうですか。でも、ここでは、い、嫌です」

そう必死に言うが、ベッドの上で何度も深いキスをされたらおかしな気分になる。

頬《ほほ》や首筋をレックス様の唇が伝っている最中に、ロイがやって来た。

「お食事をお持ちしましたが……すみません。お邪魔でしたか」

「そう思うなら出て行け。朝までここには誰も近づくな」

「そうします。失礼いたしました」

ロイは全く取り乱す様子もなく、いつも通りに持って来た食事をテーブルに置いた。

レックス様はロイが来たことで、とりあえず私に覆《おお》いかぶさっていた体を起こしていた。

そのすきに、私は慌《あわ》てて立ち上がる。

「わ、私っ、ほ、他の方の回復に！　行って来ます！」

「ちょ、ちょっと待て！」

火が出そうなほど顔を熱くしたまま、レックス様の天幕から飛び出すように逃げた。

すみません、レックス様。その顔で迫られたら、とりあえず逃げたくなるのです！

しかも、覆《おお》いかぶされているところをロイに見られました！　どうしたらいいですかね!?　落ち着くのよ私！　レックス様はキス魔なんだから！　深呼吸を、深呼吸をしなければ！

そう思いながら必死で火照る顔を押さえた。

落ち着いてきたところで、癒しの術をかけましょうと言って騎士たちを集める。誰も我先にと言わず、きちんと並んでくれた。そのため、軽傷者の回復はすぐに終わった。

回復が終わり、レックス様と別の天幕のなかで座っていると、サイラスが労《ねぎら》うように声をかけてきた。

「フィリス、皆喜んでいたぞ」

「本当に？　良かったわ」

「妃殿下に治癒してもらうなんて光栄だって話していた」

「まだあんまり実感はないけどね」

サイラスはよくやった、と言うように、子どものときみたいに頭を撫《な》でてくれた。

もう子どもではないのにと思う反面、何だか懐かしい。

私がホッとしていると、サイラスが優しく言う。

「レックス様がお待ちだろ？　今日はもう休んで大丈夫じゃないのか？」

「レックス様の天幕は、まだ、ベッドが一つで……。もう一つベッドを作ってくれるのよね？」

「一緒に寝ればいいだろ？　フィリスは小柄だし、大丈夫だろ」

「そしたら、一晩中くっついて寝ることになるわ」

さっきのレックス様のこともあり、一晩中くっついて寝ることが堪らなく恥ずかしかった。

レックス様から逃げて来て、やっと落ち着いたばかりなのに……

けれど、サイラスは不思議そうな顔をしている。

「何が問題だ？　……まさか？」

「だって……わ、私たちまだ……初夜を……！」

知られてしまったと、赤面した顔を覆《おお》いそう言った。

サイラスは呆《あき》れたのか、頭を抱えてしまった。

「どういうことですか？」

突然、気配もなくロイがゆっくり天幕に入って来た。聞かれてはまずい人に、バレてしまった。

ロイはニコリとしたままだけど、目が笑ってない。その表情のままジリジリと近づいて来る。

「……ロイ、怖いです」

ロイの引きつった笑顔の迫力に負けて、私は小さくなってしまう。

だが、ロイは容赦《ようしゃ》なかった。

「お世継ぎはどうするんですか！　お世継ぎは！　結婚の打ち合わせで、閨《ねや》の教育も受けられたはずですよね。レックス様のところで寝てください」

「今夜はみなさまがいますし、サイラスと寝るのは？」

私は、引きつった笑顔でロイに提案する。子どものときみたいに、庭で一緒に寝転がるのと同じだ。でもサイラスには嫌そうな顔をされてしまった。

「妃殿下が騎士たちと雑魚寝《ざこね》してどうする。フィリスはレックス様の天幕だ」

「フィリス様はレックス様とご一緒の天幕を使ってください。ベッドもレックス様との一つしかありません！」

こ、こんな衆人環視のなかでは無理です！　最後までレックス様に求められたらどうしますか⁉

さっき迫られたばかりであまりの恥ずかしさに逃げて来たのに。

ちょっと泣きそうな私に、ロイが宥めるように言う。

「何があろうとレックス様の天幕に聞き耳を立てる者はいません。宮から脱走したいぐらいレックス様のところに行きたかったのでしょう？」

「む、無理です!!」

初夜が待ちきれなくて、脱走しようとしたわけではない！

そんな気持ちは誰にも届かず、ロイとサイラスは顔を見合わせる。

「サイラス、連れて行きますよ」

「フィリス、諦めろ！」

「サイラスっ!?」

サイラスはロイには逆らってはいけないと本能で悟《さと》ったようで、私の味方はしてくれなかった。

そして、私は引きずられるように二人に連れて行かれる。

「サイラス、レックス様の天幕はこちらです」

「はい！」

サイラスは元気に返事をした。

結局、私はレックス様の天幕に押し込まれる。突然の出来事に、レックス様は目が点になってしまっていた。

「ロイ、無理にするなと言っただろう。サイラスまで」

「レックス様、お気の済むまでご堪能《たんのう》ください。我らは下がっておりますので」

ロイは淡々と告げる。私は気まずさで、身を縮ませた。

「すみません、レックス様。その、結婚式の夜のことをロイに知られてしまいまして……」

ロイをどうにかしてくれないかと、レックス様に心の声を送る。

だが、全く届かなかった。

サイラスを見ると、「こっちを見るな！」と言うように目を逸《そ》らされた。

……サイラスの薄情《はくじょう》者。

「フィリス様、お世継ぎですよ。レックス様、どうぞごゆっくり」

そのまま、ロイは私をレックス様への捧げ物のように置いて行った。

二人が出て行った天幕の入り口を見ながら呆然《ぼうぜん》と立っていると、後ろからレックス様に声をかけられる。

「フィリス。おいで」

どうしてここで甘い声が出るのか。レックス様のその声に、私は逃げられなかった。

ベッドのそばにゆっくりと近づくと、腕を掴まれて、ベッドに座るように引き寄せられた。

また心臓の音が激しくなる。

「あの、や、やはり、ここでは、いくら閨《ねや》の教育で言われたことでしても……」

「そういえば、結婚の打ち合わせで閨《ねや》の教育を受けたんだったな」

私は、ベッドに足を垂らし、小さくなって座る。レックス様は後ろから抱きついて来た。

「……講師にはなんと言われたんだ？」

「……レックス様の、殿下のご要望を断ってはいけないと」

その言葉にレックス様は私の背中に隠れてしまう。何を考えているのか、私には全くわからない。

「もう少し我慢するから、今度は逃げずにベッドに入ってくれるか？」

「は、はい、逃げません」

レックス様は、後ろから手を伸ばし私の白いローブの首元の紐をスルリと解《ほど》いた。

「ここではしないから、安心しろ。……だが、明日から三日ほど休暇を取ろうと思う。そのときに心の準備をしてくれると嬉しいが……」

「し、します。必ずします！」

この状況から逃げたい気持ちもあるが、レックス様に応えたい気持ちも大きい。

レックス様のがっしりとした胸板にもたれるようにしがみつく。恥ずかしいことを言ってしまった顔を見せないようにした。

「す、少しなら頑張ります……」

あの二人がいるから、天幕の外にも逃げ場はない。

体を支えられたままベッドに寝かされる。

レックス様の吐息を微《かす》かに感じながら、また何度も唇を重ねられた。

さっきのような激しいキスではなく、今度は甘く優しい感触だった。

そして、いつもより小さい簡易ベッドで、逞《たくま》しいレックス様の腕のなかで、彼の心臓の音を聞きながら私は眠りについた。

レックス様は、朝まで私を離さずにいてくれていた。

翌朝起きると、レックス様はまた私を見ていた。寝顔を見られるのは、恥ずかしい。

「おはようございます。……レックス様は早起きですね、ちゃんと寝ていますか？」

寝ぼけた様子が全くないレックス様に、つい聞いてしまう。

「もちろん寝ている。起こしては悪いと思って見ていただけだ」

それが恥ずかしいのだけれど、と私は頬《ほほ》を熱くした。

ベッドの上に座ると、すかさず両腕を腰に回してくる。

レックス様は距離感が近い。でも、大事にしてくれるのが伝わってくる。

「フィリス、宮に帰ろう」

「はい、一緒に帰りましょう」

軽く朝食を食べた後、ゲイルさんに乗せてもらい、少しだけ森を散策する。

「フィリス、今度二人で遠乗りに行くか？」

「はい、ぜひお願いします」

レックス様がお出掛けに誘ってくれるのは、本当に嬉しい。

レックス様の前だと自然と笑顔になってしまう。それくらいこの人が好きなのだ。

「レックス殿下、帰還の支度《したく》が整いました」

私たちが散策から戻って来ると、騎士たちが整列しており、騎士団長がレックス様に報告した。

二人乗りのままレックス様は整列している先頭へと移動する。

「ではこれよりガイラルディア王国城に帰還する！」

「「「ハッ!!」」」

レックス様の合図で一斉に馬が走り出した。

ロイやサイラス、騎士たちが周りを囲《かこ》み、私たちは宮へと真っ直ぐに帰還した。

こうして、恐ろしい魔獣退治が終わったのだった。


宮へ帰ってから、レックス様は休暇を取った。

しかも、ロイが三日では少ないと、一週間も休暇を取らせたらしい。

さらに、ロイの行動力はすごかった。彼は昼過ぎに私の部屋に来るなりこう言った。

「フィリス様はしばらく何もしなくて大丈夫です。レックス様の寝室でお過ごしください」

「でも、教会へ回る予定もありますし、陛下たちとの交流や公務の打ち合わせもありますよ」

「お世継ぎが一番です。レックス様のお相手はフィリス様しかできませんので。レックス様の許可も取ってあります」

いつの間にと、思うが、そう言われてしまうと、私にはもう反論の余地はなかった。

そして、いつもよりも早い晩餐《ばんさん》の後、私は念入りに湯浴《ゆあ》みをさせられる。

「リタ、サラ。そんなに私は汚くないですから」

「フィリス様はお綺麗ですが、もっと綺麗にしましょう」

サラがそう言いながら、泡を立てて私の体を磨きあげた。

レックス様に買っていただいた石鹸《せっけん》はすごくいい匂いで、初めてデートをしたときのことを思い出す。

リタは、タオルを準備しながらため息交じりで言う。

「まさか、まだでしたとは……。迂闊《うかつ》でした」

「レックス様は無理矢理する方ではありませんよ」

私がそう答えると、リタはニヤリと笑う。

「その割には、首筋や鎖骨辺りに色々痕《あと》がありますけれど」

「こ、これには色々と理由が」

あの天幕で初夜はしなかったけど、レックス様は唇だけでは止まらず首筋にまで触《ふ》れてきた。その痕《あと》がハッキリと残っている。恥ずかしくて堪らないから聞かないで欲しいと、思わずお湯を勢いよく顔にかけた。

そして、まだ夜も更けてない早い時間に、レックス様の部屋に連れて行かれる。

なぜかロイまでついて来て、レックス様の部屋に入るところまで確認される。

王宮執事に見送られながら夫のもとに行く妃殿下などいないと思うが、ロイは真剣だった。

「ロイ、リタ。覗《のぞ》かないでくださいね」

「「もちろんです！」」

この二人は寝室まで来る気かと不安になって扉の前で念を押すと、二人は声を揃《そろ》えて答えた。

気が合いすぎる。相性がいいのでしょうか。

サラは開いた口が塞がらないのか、声を合わせて返事をする二人を驚いた様子で後ろから見ていた。

私は今日こそはと思うと、動悸《どうき》が止まらないまま、レックス様の部屋に入る。

なかは灯《あか》りが落とされており、レックス様はベッドの上で枕にもたれて座っていた。

「本当にいいのか？　引き返すなら今だぞ」

「いいのです。私をお望みなら」

「フィリスしか望んでない」

ベッドに近づくと手を引かれて、力強いレックス様に倒される。

ナイトドレスの背中のリボンが、ゆっくりと解《ほど》かれていく。

この宮での出会いは最悪だった。

けれど、本当の出会いはあの砦《とりで》だった。

お互いに王子とも王女とも知らずに出会い、惹かれ合っていた。

そして、望まれなかった結婚をしに来たはずが、レックス様の溺愛する唯一の妃《きさき》となっていた。

◇◇◇

フィリスと結婚して数ヶ月が経った。

フィリスは、あの初夜の一週間のときに懐妊していた。

俺との子がフィリスのお腹にいると思うと、これ以上ない喜びを感じる。

そして、俺同様に、いや、もしかしたら俺以上に喜んでいるのは、母上だ。

「フィリス、調子はどうですか？」

「王妃様、毎日来てくださってありがとうございます」

「いいのよ。そして私のことは『母』と呼んでくださいね」

母上は、ガイラルディア王国の世継ぎを身ごもった妃殿下を労《いた》わるためという名目で、フィリスに毎日会いに来る。

フィリスは聞き上手なのか、母上とも上手くやっている。そんなフィリスのことを母上はますます気に入っていた。そんな母上に、俺は顔をしかめた。

「誰が母ですか。毎日毎日来ないでください。そして、さりげなくフィリスに要求しないでください」

「はぁ、可愛くない息子だわ。私は可愛い子が欲しかったのに、レックスときたら剣術だ馬術だと鍛練ばかりで。せっかく整った顔に産んだのに……」

「可愛くなくてすみませんね」

俺の顔を見てため息をつかないで欲しい。男が可愛くてどうする。

俺がため息をつくと、母上は満面の笑みでフィリスに向き直る。

「フィリス、あなたのような可愛い女の子をお願いしますね」

「う、生まれてみないことには……」

「母上、フィリスを困らせないでください」

「レックスには用はありません。仕事に戻りなさい」

「今日は休みです」

いつも通り母上をなんとか追い返して、フィリスがやっと昼寝ができる時間になる。

そのとき、ロイが話があるとやって来た。

部屋を移動して、書斎で話を聞く。ロイは、いつもと変わらない様子で報告した。

「結婚しようかと思いまして……」

「誰が？」

「俺です」

今はフィリスの懐妊と母上を追い出すことが脳内のほとんどを占めていて、ロイにそんな相手がいたとは全く気がつかなかった。

「相手がいたのか？」

「ええ。宮は落ち着いていますし、フィリス様が出産されると、また忙しくなりますので、今のうちに結婚したいです」

ロイは、もう執事としての仕事に専念できるからと、結婚を決めたらしい。

冷静に続けるロイに、とりあえず相手を聞く。

「誰だ？　相手は」

「リタです。もちろん、フィリス様の侍女はそのまま続けさせます」

ロイがリタと付き合っていたとは知らなかった。フィリスも何も言わなかったから、知らなかったただろう。

「いつからリタと付き合っていたんだ？」

「最近ですよ」

ニコニコしているが、その笑顔に腹黒いものを感じた。

元々、フィリスの侍女としてメイドだったリタを宮に呼び戻したのはロイだ。フィリスをガイラルディア王国に迎えに行っている間にリタは出て行った。ロイは、その原因の侍女たちを嫌い、まさか、追い出す隙を狙っていたのか。

絶対、以前からリタを狙っていて、そうしたのだろうと確信した。

俺は内心でため息をつきつつも、口を開《ひら》く。

「反対はしない。好きにしろ。……披露宴をしたいなら宮の大広間を使ってもかまわないぞ」

「では、よろしくお願いいたします。すぐに結婚します」

ロイはそう言って、リタのもとへ行った。

その後、ロイとリタのことをフィリスに教えると、驚きながらも嬉しそうにしていた。

「あのコンビは息ピッタリですよ」

「そうなのか？」

「はい。結婚してすぐのときに、私がレックス様に獣《けもの》みたいに襲われたのではないかと二人で大暴走していました」

どこからそんな発想が出てくる！　あいつらは俺をそんな目で見ていたのか!?

思わず、拳《こぶし》に力が入ってしまう。

そんな俺の内心を気にすることもなく、フィリスは幸せそうに笑う。

「結婚式が楽しみです。一緒に行きましょうね」

「体調は大丈夫なのか？」

「もちろんです！　絶対に行きますよ」

こんなに嬉しそうなフィリスを止めることはできず、彼女に付きっきりで参加することにした。


さらに数ヶ月後。

ロイとリタは結婚しても、変わらず宮に仕えていた。

結婚式はどうするのかと聞いたら、「いくら王宮の執事とはいえ、執事と侍女に派手な結婚式は要りません」と声を揃《そろ》えて言った。

その二人の結婚式はこぢんまりとしたものだったが、二人の見たことないほどの笑顔に幸せを感じた。

フィリスも、自分のことのように祝福している。

披露宴も終わり、部屋に戻るとフィリスをすぐに休ませる。

「レックス様、心配しすぎですよ。激しい運動なんかしていませんから、これくらい大丈夫です」

「駄目だ。少しでも休まないと部屋から出さんぞ」

「……それは監禁です」

「監禁ではない！」

腹に子がいるのにフィリスに何かあったらと思うと、気が気でない。

「フィリス、お前が大事なんだ」

「はい、私もです」

フィリスの隣に座り、抱き寄せながら思いの通じ合った口づけを交わした。

――フィリスはその後、無事に男の子を出産する。

母上は、フィリスに似ている男の子だったことに大喜びだった。

そして、時間はさらに流れる。

俺はフィリスをいつまでも変わることなく溺愛した。

{原作} ナカノムラアヤスケ
{漫画} 文月路亜
RC Regina COMICS
転生ババァは見過ごせない!
元悪徳女帝の二周目ライフ
1
アルファポリスWebサイトにて好評連載中!!!
待望のコミカライズ!!
大好評発売中!
恐怖政治により、国を治めていたラウラリス・エルダヌス。彼女の人生は、勇者に討たれ幕を閉じた。——はずが、三百年後、少女の姿で元女帝が大復活!? 自らの死をもって世界に平和をもたらしたラウラリスを称え、神様が人生やり直しのチャンスをくれたらしい。第二の人生は平穏気ままに暮らしたいが、いつの世にも悪い奴らはいるもので……
{原作} ナカノムラアヤスケ
{漫画} 文月路亜
転生ババァは見過ごせない!
元悪徳女帝の二周目ライフ
元悪徳女帝が少女に転生!?
悪党を薙ぎ払う最凶少女、降臨!!
1
アルファポリス 漫画 検索
ISBN：978-4-434-29747-2
B6判／各定価：748円（10%税込）

原作 波湖真
Makoto Namiko
漫画 青神香月
Kaduki Aogami
1
Moumoku no Koushakureijo ni Tensei simasita
RC Regina COMICS
盲目の公爵令嬢に転生しました
大好評発売中!
待望のコミカライズ!
ある日突然ファンタジー世界の住人に転生した、盲目の公爵令嬢アリシア。前世は病弱でずっと入院生活だったため、今世は盲目でも自由気ままに楽しもうと決意!ひょんなことから仲良くなった第五王子のカイルと全力で遊んだり、魔法の特訓をしたり……転生ライフを思う存分満喫していた。しかしアリシアの成長と共に不可解な出来事が起こり始める。この世界は、どうやらただのファンタジー世界ではないようで……?
◎B6判 ◎定価:748円(10%税込) ◎ISBN 978-4-434-29749-6
悪役令嬢もシナリオも
"設定"見えないので
自由に生きます
お騒がせ令嬢の波乱万丈ファンタジー!
ア ファポリスWebサイトにて好評連載中!
アルファポリス 漫画
検索

この作品に対する皆様のご意見・ご感想をお待ちしております。

おハガキ・お手紙は以下の宛先にお送りください。

【宛先】

〒150-6008 東京都渋谷区恵比寿4-20-3 恵比寿ガーデンプレイスタワー 8F
（株）アルファポリス　書籍感想係

メールフォームでのご意見・ご感想は右のＱＲコードから、
あるいは以下のワードで検索をかけてください。

アルファポリス　書籍の感想　検索

ご感想はこちらから

本書は、「アルファポリス」（https://www.alphapolis.co.jp/）に掲載されていたものを、改稿、加筆のうえ、書籍化したものです。

望《のぞ》まれない王女《おうじょ》の白《しろ》い結婚《けっこん》…のはずが
途中《とちゅう》から王子《おうじ》の溺愛《できあい》が始《はじ》まりました。

屋月 トム伽（やづき　とむか）

2021年 12月 31日初版発行

編集－境田陽・森順子
編集長－倉持真理
発行者－梶本雄介
発行所－株式会社アルファポリス
〒150-6008 東京都渋谷区恵比寿4-20-3 恵比寿ガーデンプレイスタワー8F
TEL 03-6277-1601（営業） 03-6277-1602（編集）
URL https://www.alphapolis.co.jp/
発売元－株式会社星雲社（共同出版社・流通責任出版社）
〒112-0005 東京都文京区水道1-3-30
TEL 03-3868-3275
装丁・本文イラスト－紅茶珈琲
装丁デザイン－AFTERGLOW
（レーベルフォーマットデザイン―ansyyqdesign）
印刷－中央精版印刷株式会社

価格はカバーに表示されてあります。

落丁乱丁の場合はアルファポリスまでご連絡ください。

送料は小社負担でお取り替えします。


ISBN978-4-434-29755-7 C0093